# 汪 曾 祺
## 给中学生的通识小讲

汪曾祺 著　　王 干 选文

化学工业出版社

·北京·

## 内容简介

《汪曾祺给中学生的通识小讲》是一部面向广大中学生的汪曾祺作品选集。本书针对中学生的阅读习惯和学习需求，别具匠心地从历史、植物、动物、人物、写作等角度进行选文，覆盖中学阶段涉及的多个知识领域。同时以汪曾祺的作品为桥梁，在语文和其他学科间构建起连接，实现了"大语文"的概念。读者们在阅读本书的过程中，既能感受到汪曾祺作品的文学魅力，学习写作技巧，积累创作素材，也能掌握其他领域的相关知识，从而触类旁通，举一反三，收获立体化的阅读体验。

**图书在版编目（CIP）数据**

汪曾祺给中学生的通识小讲 / 汪曾祺著；王干选文. —北京：化学工业出版社，2022.1
ISBN 978-7-122-40028-4

Ⅰ. ①汪… Ⅱ. ①汪… ②王… Ⅲ. ①中国文学－当代文学－作品综合集 Ⅳ. ①I217.2

中国版本图书馆CIP数据核字(2021)第213279号

---

责任编辑：邵轶然　林　琳　　　装帧设计：高高国际
责任校对：刘　颖

出版发行：化学工业出版社（北京市东城区青年湖南街13号　邮政编码100011）
印　　装：三河市双峰印刷装订有限公司
880mm×1230mm　1/32　印张 9½　字数126千字　2022年1月北京第1版第1次印刷

购书咨询：010-64518888　　　　　　售后服务：010-64518899
网　　址：http://www.cip.com.cn
凡购买本书，如有缺损质量问题，本社销售中心负责调换。

定　价：49.80元　　　　　　　　　　　　　　　版权所有　违者必究

# 序

王干

"活在世上,你好像随时都在期待着,期待着有什么可以看一看的事。"

汪曾祺在《邂逅》中这样写道。

汪曾祺一直期待着,他去世之后人们还在期待着。时至今日,汪曾祺的文字仍然活跃于文坛,而他对生活充满期待的美文,成了读者心中"永不消逝的电波"。

汪曾祺热爱生活。最有说服力的是他喜欢下厨,认为烹饪与写作有着异曲同工之妙,可以说他是个美文大家,也是美食大家。为了吃一口家乡的蒌蒿薹,他托人从家乡带了些到北京。由于路程遥远,抵京后的蒌蒿薹大多烂掉,但他仍然从中挑了些好的炒成一盘,只为了怀念家乡的味道。他在钓鱼台国宾馆的墙外发现很多肥美的灰菜,忙不迭弯腰挖出来放到包里,结果引起了门卫的误会。我至今仍然记得,最后一次吃到他做的菜,是他去世前的半个月,那天有个法国人要吃正宗的北京麻豆腐,汪曾祺就做了改进,加了一点羊油和毛豆熬。他告诉我说,麻豆腐这东西特吸油,猪油多了又腻,正好家里的羊油又派不上用,羊油鲜而不腻,一起做合味。后来,我们就着他特制的新菜品,喝了整整一瓶酒。

汪曾祺在作品中,寻找着生活里的诗意和审美,也激发了他"刨根问底"的精神。他可以为了研究一种野菜的名字,翻遍各种边边角角的资料。他也会因旅游中偶有所得,写上一篇关于历史事件真相的随笔。他甚至因为朋友做了一盘不地道的炒玉米而微愠。这是汪曾祺对生活之爱的表现,在研究与追求的过程中,他对生活的认识更加透彻,他眼中的生活也更加多彩。

然而,时代的更迭似乎让人们,尤其是孩子们失去了这种诗意和审美。由于电子产品的"陪伴",他们的生活变得异常单调,似乎只愿意和屏幕对话,喜欢和游戏相伴。由于学业的压力,他们似乎很少有机会走进自然,像汪曾祺那样细致入微地观察昆虫的毛须和植物的叶片。哪怕在科学课或春游这样的场合,孩子们都更愿意坐在教室里,和游戏打一个下午的交道。久而久之,他们距离生活越来越遥远,对生活的爱也越来越稀薄。

这时,我突然意识到,汪曾祺对生活的爱和追寻,不仅是一种情感上的寄托,更是丰富自己的方式。他靠着"刨根问底",积累起了深厚的历史知识;他对动植物的好奇,让他的生物知识丰富异常;他对烹饪的喜爱,让他成了厨房的主人。他爱着生活,生活也爱着他。他从生活中得到的一切,他寄托于生活上的情感,最终让他对各个领域的知识都有所涉猎,将小说、戏剧、散文的技巧融会贯通,从而更好地用文字表达对生活的热爱。

对于青少年读者来说，他们需要学习汪曾祺对生活的那种爱，以及受情感驱使的那种"刨根问底"的精神。在学习生活中，广泛涉猎终归是好事。而从汪曾祺的作品中，他们便可跟随娓娓道来的文字，了解对生活抱有热爱，是多么美好的事；从生活中汲取知识和经验，是多么珍贵的事。在强调多知识领域融合的大环境下，抱有一颗热爱生活的心，将会让他们跟随汪曾祺的文字，学会他观察生物的方法、了解动植物相关知识、感受历史的厚重与奇趣。自此，他们会重获对生活的爱，并在诸多知识的支撑下，大踏步地在学习之路上勇敢向前。

……

"创作不是绝对不能教，问题是谁来教，用什么方法教。"

汪曾祺在《我的创作生涯》中如是说。

# 目 录

## 一 汪曾祺讲历史

贾似道之死
　　——老学闲抄 / 3
苏三、宋士杰和穆桂英 / 14
吴三桂 / 18
宋朝人的吃喝 / 22
老学闲抄 / 27
《水浒》人物的绰号 / 35
写字 / 44

## 二 汪曾祺讲植物

蜡梅花 / 53
葡萄月令 / 57

昆明的花 / 67

紫薇 / 75

人间草木 / 81

故乡的野菜 / 89

北京的秋花 / 97

草木春秋 / 105

花 / 118

淡淡秋光 / 128

菌小谱 / 136

## 三 汪曾祺讲动物

草木虫鱼鸟兽 / 147

狼的母性 / 155

香港的鸟 / 158

鳜鱼 / 161

夏天的昆虫 / 165

昆虫备忘录 / 170

## 四　汪曾祺讲人物

我的父亲 / 179

我的母亲 / 191

沈从文先生在西南联大 / 198

闻一多先生上课 / 212

师恩母爱

　　——怀念王文英老师 / 216

金岳霖先生 / 225

## 五　汪曾祺讲写作

我的创作生涯 / 235

小说的思想和语言 / 250

有意思的错字 / 266

小说陈言 / 270

小说技巧常谈 / 277

谈读杂书 / 290

# 一
# 汪曾祺讲历史

## 导 读

我们对历史总是"又爱又恨":在文艺作品里,我们回到过去,扮演重要角色指点江山;可现实中,我们又为背诵佶屈聱牙的名字和纷繁芜杂的年代焦头烂额。但在汪曾祺看来,历史从不是枯燥的事件堆积,而是民族的记忆,文化的传承。汪曾祺曾说:"民族最重要的东西是它的文化。一个中国人,即使没读过什么书,也是在文化传统里生活着的。"而时间长河里的每个人、每个事件,都是文化传统的一部分,都有其独特的价值。汪曾祺在研究贾似道之死的真相时,领悟了历史题材作品的创作方向;通过追溯苏三、吴三桂等人的过往,带领大家重新审视历史;从宋朝饮食和《水浒传》人物绰号说开去,以史为镜;在老学闲抄的过程中,感受诗歌创作之艰辛;并以写字为主题,剖析字品与人品的关系。汪曾祺笔下的历史,永远不是孤立的时间点,而是任过往与现代交错的网,在其中的人们不必过于拘执,因为"写字本是遣兴,何必自寻烦恼"。

# 贾似道之死
## ——老学闲抄

到漳州,除了想买几头水仙花,还想去看看木棉庵。木棉庵离漳州市不远,汽车很快就到了。庵就在公路旁边,由漳州至福州,此为必经之地,用不着专程跑去看。木棉庵是个极小的庵。门开着,随便进出,无人管理。矮佛一尊,佛前一只瓦香炉,空的。殿上无钟磬,庭前有衰草,荒荒凉凉。庵当是后建的,南宋末年,想不是这样,应当是个颇大的去处。庵外土坡上,有碑两通,高过人,大字深刻:"郑虎臣诛贾似道于此"。两碑都是一样，字体亦相类。碑阴无字，于贾似道、郑虎臣事皆无记述。

我对贾似道所知甚少，只知道他是一个荒唐透顶的误国奸相。他在元人大兵压境，国家危如累卵的时候还在葛岭赐第的半闲堂里斗蟋蟀。很多人知道贾似道，是因为看了《红梅阁》(川剧、秦腔、昆曲和京剧)。通过李慧娘这个复仇的女鬼的形象，使人对贾似道的专横残忍留下深刻的印象。但《红梅阁》是虚构的传奇。年轻时看过《古今小说》里的《木棉庵郑虎臣报冤》，隔了五十年，印象已淡；而且看的时候就以为这是小说家言，不足为据，不相信它有什么史料价值。近读元人蒋正子《山房随笔》，并取《木棉庵郑虎臣报冤》相对照，发现两者记贾似道事基本相同。这位蒋正子不知道为什么对贾似道那么感兴趣，《山房随笔》只是薄薄的一册，最后的三大段倒都是有关贾似道的。我对蒋正子一无所知，但看来《山房随笔》是严肃的书，不是信口开河，成书距南宋末年当不甚远，有一段注明："季一山阐为郡学正，为余道之。"非得之道听途说,当可信。于是,我对《木棉庵郑虎臣报冤》就另眼相看起来。

贾似道是宋理宗贾贵妃的兄弟,历仕理宗、度宗、恭帝三朝,位极人臣,恶迹至多,不可胜数,自有《宋史》可查。他的最主要的罪恶是隐匿军情,出师溃败,断送了南宋最后一点残山剩水,造成亡国。

蒙古主蒙哥南侵,屯合州,遣忽必烈围鄂州、襄阳。湖北势危,枢密院一日接到三道告急文书,朝野震惊,理宗乃以贾似道兼枢密使京湖宣抚大使,进师汉阳,以解鄂州之围。贾似道不得已拜命。师次汉阳,蒙古攻城甚急,鄂州将破,贾似道丧胆,乃密遣心腹诣蒙古营中,求其退师,许以称臣纳币。忽必烈不许。会蒙古主蒙哥死于合州,忽必烈急于奔丧即位,遂许贾似道和议。约成,拔寨北归。鄂州围解,贾似道将称臣纳币一手遮瞒,上表夸张鄂州之功。理宗亦以贾似道功同再造,下诏褒美。

元军一时未即南下,南宋小朝廷暂得晏安。贾似道以中兴功臣自居,日夕优游湖上,门客作词颂美者以千计。陆景思词中称之为"上天将相，平地神仙"。

理宗传位度宗，加似道太师，封魏国公，许以十日一朝，大小朝政皆于私第裁决。平章私第，成了宰相衙门。

度宗在位十年，卒，赵㬎继位，是为恭帝。恭帝是个懦弱的小皇帝，在位仅仅两年，凡事离不开贾似道。元军分兵南下，襄、邓、淮、扬，处处告急。贾似道遮瞒不过，只得奏闻。恭帝对似道说："元兵逼近，非师相亲行不可。"于是下诏，以贾似道都督诸路军马。贾似道上表出师，声势倒是很大。其时樊城陷，鄂州破，元军乘势破了池州，贾似道不敢进前，次于鲁港。部将逃的逃，死的死，诸军已溃，战守俱难，贾似道走入扬州城中，托病不出。宋室之亡，关键实在鲁港一战。

一时朝议，以为贾似道丧师误国、乞族诛以谢天下，御史交章劾奏，恭帝醒悟，乃下诏暴其罪，略云：

大臣具四海之瞻，罪莫大于误国；都督专阃外之寄，律尤重于丧师。具官贾似道，小才无取，大道未闻。历相两朝，曾无一善。变田制以伤国本①，立士籍以阻人才②。匿边信而不闻，旷战功而不举。至于寇逼，方议师征，谓当缨冠而疾趋，何为抱头而鼠窜？遂致三军解体，百将离心，社稷之势缀旒，臣民之言切齿。姑示薄罚，俾尔奉祠。呜呼！膺狄惩荆，无复周公之望；放兜殛鲧，尚宽《虞典》之诛。可罢平章军马重事及都督诸路军马。

这篇诏令见于《古今小说》，但看来是可靠的。诏令写得四平八稳，对贾似道的罪恶概括得很全面，

---

① 凡有田者，皆须验契，查勘来历，质对四至，稍有不合，没入其田；又丈量田地尺寸，如是有余，即为隐匿，亦没入。没入田产，不知其数，一时骚然。

② 似道极恨秀才，凡秀才应举，须亲书详细履历。又密令亲信查访，凡有词华文采者，皆疑其造言生谤，寻其过误，皆加黜落。

这样典重合体的四六，也不是一般书会先生①所能措手的。

贾似道罢相，朝议以为罪不止此，台史交奏，都以为似道该杀。恭帝柔弱，念似道是三朝元老，不但没有"族诛"，对似道也未加刑，只是谪为高州团练副使，仍命于循州安置。"安置"一词，意思含混。如此发落，实在过轻。

宋制，大臣安置远州，都有个监押官。监押贾似道的，是郑虎臣。郑虎臣的确定，《木棉庵郑虎臣报冤》与《山房随笔》微有不同。《郑虎臣报冤》云："朝议斟酌个监押官，须得有力量的，有手段的，又要平日有怨隙的，方才用得。"只云"朝议"；《随笔》则具体举出"陈静观诸公欲置之死地，遂寻其平日极仇者监押"。郑虎臣和贾似道有什么仇？《随笔》云："武学生郑虎臣登科，（似道）辄以罪配之。"《郑虎

---

① 书会先生：书会起于宋朝，是民间针对科举创办的学校，比如家塾、乡舍等。之后，书会逐渐转为供文学创作与文艺表演的民间组织。书会先生便为从事相关创作的人。

臣报冤》则说:"此人乃太学生郑隆之子,郑隆被似道黥配而死。"至于郑虎臣请行,出于自愿,是一致的——循州路远(在今广东惠州市东),本不是一趟好差事。

郑虎臣官职不高,只是新假的武功大夫,但他是"天使",路上一切他说了算。贾似道一路备受凌辱,苦不堪言,《郑虎臣报冤》有较细的记载。到了漳州,漳州太守赵介如(此从《山房随笔》,《郑虎臣报冤》作赵分如),本是贾似道的门下客,设宴款待郑虎臣及贾似道。《随笔》云:"似道遂坐于下。"《报冤》云:"只得另设一席于别室,使通判陪侍似道。"细节不同,似以《报冤》说较合理。赵介如察虎臣有杀贾意,劝虎臣要杀不如趁早,免得似道活受罪。《郑虎臣报冤》云:

> 饮酒中间,分如察虎臣口气,衔恨颇深,乃假意问道:"天使今日押团练至此,想无生理,何不叫他速死,免受蒿恼,却

不干净?"

《山房随笔》则云:

> 介如察其有杀贾意,命馆人启郑,且以辞挑之……其馆人语郑云:"天使今日押练使至此,度必无生理,曷若令速殒,免受许多苦恼。"

两相比较,《随笔》似更近情,这样的话哪能在酒席上当面直说,有一个中间人(馆人)传话,便婉转得多。

郑虎臣的回答,《报冤》云:

> 虎臣笑道:"便是这恶物事,偏受得许多苦恼,要他好死却不肯死。"

《随笔》云:

便是这物事,受得这苦,欲死而不死。

《随笔》较简练,也更像宋朝人的语气。《报冤》"虎臣笑道","笑道"颇无道理,为何而笑?

贾似道原是想服毒自杀的。《随笔》云:

虎臣一路凌辱,至漳州木棉庵病泄泻。踞虎子,欲绝。虎臣知其服脑子求死。

《郑虎臣报冤》写得较细致:

似道自分必死,身边藏有冰脑一包,因洗脸,就掬水吞之。觉腹中痛极,讨个虎子坐下,看看命绝。

脑子、冰脑,即冰片,是龙脑树干分泌的香料,过去常掺入香木同烧,"瑞脑销金兽"便是指的这东西。中药铺以微量入丸散,治疮疖有效,多吃了,是会致命的。

似道服毒后,还是叫郑虎臣打死的。《郑虎臣报冤》:

> 虎臣料他服毒,乃骂道:"奸贼,奸贼,百万生灵死于汝手,汝延捱许多路程,却要自死,到今日老爷偏不容你!"将大槌连头连脑打了二三十,打得稀烂,呜呼死了。

这未免有点小说的渲染,《随笔》只两句话,反倒干脆:

> 乃云:"好教作只恁地死!"遂趣数下而殂。

《木棉庵郑虎臣报冤》应该说是历史小说,严格意义的历史小说。是小说,当然会有些虚构,有些想象之词,但检对《山房随笔》,觉得其主要情节都是有根据的。其立意也是严肃的:以垂炯戒。这和《拗相公饮恨半山堂》的存有偏见,《苏小妹三难新郎》纯为娱乐,随意杜撰,是很不相同的。现在许多写历史题材的作品,尤其是电视剧,简直是瞎编,如写李太白与杨贵妃恋爱,就更不像话了。我觉得《木棉庵郑虎臣报冤》是短篇历史小说的一个典范:材料力求有据,写得也并非不生动。今天写历史题材的作品仍可取法。这,就是我写这篇文章的目的。

一九九〇年十月二十五日
载一九九一年第一期《收获》

# 苏三、宋士杰和穆桂英

洪洞县的出名,是因为有了京剧《玉堂春》。"苏三离了洪洞县",凡有井水处都有人会唱,至少听过。我到山西,曾特为到洪洞县去弯了一趟,去看苏三遗迹。

一位本地研究苏三传说的专家陪着我们参观。进了县政府的大堂,这位专家告诉我们:苏三就是在这里受审的。他还指了一块方砖,说:"她就跪在这块砖上回话的。"他说苏三的案卷原来还保存在县里,后来叫一个国民党军官拿走了。

我们参观了苏三监狱。这是一座很小的监狱。监门只有普通人家的独扇门那样大。门头上画着一个老虎脑袋,这就是所谓"狴犴"了。进门,外边是男监。往里走,过一个窄胡同,是女监。女监是一个小院子,除了开门的一边,三间都有监号。专家指指靠北朝南的一个号子,说苏三就是关在这里的。院子当中有一口井,不大,青石井栏。据说苏三就是从这口井里汲水洗头洗脸洗衣裳的。井栏的内圈已经叫井绳磨出一道一道很深的沟槽。没有几百年的功夫,是磨不出这样的沟的。这座监狱据说明朝就有,这是全国保存下来少数明代监狱里的一个,这是有记载可查的。如果有一个苏三,苏三曾蹲过洪洞县的监狱,那么便只能是在这里。苏三从这口井里汲水,这想象很美,同时不能不引起人的同情。

我们还去参观赵监生买砒霜的药铺。当年盛砒霜的药罐还在,白地青花,陈放在柜台的一头,下面垫了一块红布——那当然是为了引人注目。这家药铺是明代就有的。砒霜是剧毒，盛砒霜的罐子是不能随便倒换的。如果有一个赵监生，他来买过砒霜，那么便只有取之于这个药罐。据我的一点关于瓷器的知识，这倒真是明青花。

据说洪洞县过去是禁演《玉堂春》的，因为戏里有一句"洪洞县内无好人"。洪洞县的人真可爱，何必那样认真呢？有人曾著文考证，力辟苏三监狱之无稽，苏三根本不是历史人物，《玉堂春落难逢夫》纯属小说家言，关于苏三的遗迹都是附会。这些有考据癖的先生也很可爱，何必那样认真呢？洪洞县的人愿意那样相信，你就让他相信去得了嘛！

河南信阳州宋士杰开的店原来还在，店门的门槛是铁的。铁门槛，这很有意思！这当然也是附会。

如果都认真考据，那就没完了。山海关外有多少穆桂英的点将台？几乎凡有一块比较平整的大石头，都是穆桂英的点将台！

老百姓相信许多虚构的戏曲人物是真有的，他们附会出许多戏曲人物的古迹，并且相信。这反映了市民和农民的爱憎。这是民族心理结构的一个层次,我们应该重视、研究,不只是"姑妄听之"而已。这一点,倒是可以认一点真。

一九八七年三月九日
载一九八七年第六期《北京文学》

# 吴三桂

高邮县志办公室把新修的县志初稿寄来给我,我翻看了一遍,提了几点不成熟的意见。有一条记不得是否提过:应该给吴三桂立一个传。

我的家乡出过两个大人物,一个是张士诚,一个是吴三桂。张士诚不是高邮人,是泰州的白驹场人,但是他于元至正十三年(一三五三年)攻下了高邮,并于次年在承天寺自称诚王。吴三桂的家不知什么时候迁到了辽东,但祖籍是高邮。他生于一六一二年。

"五百年必有王者兴"，敝乡于二百六十年之间出过两位皇上——吴三桂后来是称了帝的，大概曾经是有过一点"王气"的。

我知道吴三桂很早了。小时候读《正续三字经》，里面就有"吴三桂，请清兵"。长大后到昆明住了七年，听到一些关于吴三桂的传闻。昆明五华山下有一斜坡，叫作"逼死坡"，据说是吴三桂逼死明朝最后一个皇帝永历帝的地方。永历帝兵败至云南，由腾冲逃到缅甸，吴三桂从缅甸把他弄回来杀了。云南人说是吴三桂逼得他上吊死的。这大概是可靠的。另外的传说则大概是附会的了。昆明市东凤鸣山顶有一座金殿，梁柱门窗，都是铜铸的，顶瓦也是铜的。说是吴三桂冬天住在这里，殿外烧了火，殿里暖和而无烟气，他在里面饮酒作乐。这大概是不可能的。昆明冬天并不冷，无须这样烤火。而且住在一间不大的铜房子里，又有多大趣味呢？此外，昆明大西门外莲花池畔有一座陈圆圆石像。石像是用单线刻在石碑上的，外面有一石龛，高约四尺，额上题："比丘尼陈圆圆像"，是一个中年的尼姑的样子。据说陈圆圆是投莲花池死的。吴三桂镇云南，握重兵，形成割据势力，清圣祖为了加强统一，实行撤藩。康熙十二年（一六七三年），吴三桂叛，自称周王。十七年在衡州称帝。吴三桂举兵叛乱时，已经六十一岁，这时陈圆圆也相当老了，她大概是没有跟着。死于昆明，是可能的。是不是投了莲花池，就难说了。陈圆圆晚年为女道士，改名寂静，字玉庵。莲花池畔的石像却说她是比丘尼，不知是什么缘故。

逼死坡今犹在，金殿也还好好的。莲花池畔的陈圆圆像则被毁掉了。干吗要毁陈圆圆的像呢？毁像的人大概是受了吴梅村的影响，相信"恸哭六军俱缟素，冲冠一怒为红颜"，认为吴三桂的当汉奸，陈圆圆是罪魁祸首。冤哉！

"冲冠一怒为红颜"，早就有人说没有这回事，一宗巨大的历史变故，原因岂能如此简单！如果说吴三桂引清兵入关，与陈圆圆有一定关系，那么他后来穷追永历帝以至将其逼死，再后来又从拥兵自重到叛乱称王，又将怎样解释呢？这和陈圆圆又有什么关系呢？吴三桂自是吴三桂，陈圆圆对他的一生负不了责。

我希望有人能认真研究一下吴三桂其人，给他写一个传。写成历史小说也可以，但希望忠实一些，不要有太多的演义。

一九八七年五月二十四日
载一九八七年第七期《北京文学》

# 宋朝人的吃喝

唐宋人似乎不怎么讲究大吃大喝。杜甫的《丽人行》里列叙了一些珍馐，但多系夸张想象之辞。五代顾闳中所绘《韩熙载夜宴图》主人客人面前案上所列的食物不过八品，四个高足的浅碗，四个小碟子。有一碗是白色的圆球形的东西，有点像外面滚了米粒的蓑衣丸子。有一碗颜色是鲜红的，很惹眼，用放大镜细看，不过是几个带蒂的柿子！其余的看不清是什么。苏东坡是个有名的馋人，但他爱吃的好像只是猪肉。他称赞"黄州好猪肉",但还是"富者不解吃,贫者不解煮"。他爱吃猪头,也不过是煮得稀烂,最后浇一勺杏酪——杏酪想必是酸里咕叽的,可以解腻。有人"忽出新意"以山羊肉为玉糁羹,他觉得好吃得不得了。这是一种什么东西?大概只是山羊肉加碎米煮成的糊糊罢了。当然,想象起来也不难吃。

宋朝人的吃喝好像比较简单而清淡,连有皇帝参加的御宴也并不丰盛。御宴有定制,每一盏酒都要有歌舞杂技,似乎这是主要的,吃喝在其次。幽兰居士《东京梦华录》载《宰执亲王宗室百官入内上寿》,使臣诸卿只是"每分列环饼、油饼、枣塔为看盘,次列果子。惟大辽加之猪羊鸡鹅兔连骨熟肉为看盘,皆以小绳束之。又生葱韭蒜醋各一碟。三五人共列浆水一桶,立杓数枚"。"看盘"只是摆样子的,不能吃的。"凡御宴至第三盏,方有下酒肉、咸豉、爆肉、双下驼峰角子"。第四盏下酒的禽子骨头、索粉、白肉胡饼;第五盏是群仙炙、天花饼、太平毕罗、干饭、缕肉羹、莲花肉饼;第六盏假鼋鱼、密浮酥捺花;第七盏排炊羊、胡饼、炙金肠；第八盏假沙鱼、独下馒头、肚羹；第九盏水饭、簇饤下饭。如此而已。

宋朝市面上的吃食似乎很便宜。《东京梦华录》云："吾辈入店，则用一等玻璃浅棱碗，谓之'碧碗'，亦谓之'造羹'，菜蔬精细，谓之'造虀'，每碗十文。"《会仙楼》条载："止两人对坐饮酒……即银近百两矣。"初看吓人一跳。细看，这是指餐具的价值——宋人餐具多用银。

几乎所有记两宋风俗的书无不记"市食"。钱塘吴自牧《梦粱录·分茶酒店》最为详备。宋朝的肴馔好像多是"快餐"，是现成的。中国古代人流行吃羹。"三日入厨下，洗手作羹汤"，不说是洗手炒肉丝。《水浒传》林冲的徒弟说自己"安排的好菜蔬，调和的好汁水"，"汁水"也就是羹。《东京梦华录》云"旧只用匙今皆用箸矣"，可见本都是可喝的汤水。其次是各种燠菜、燠鸡、燠鸭、燠鹅。再次是半干的肉脯和全干的肉粑。几本书里都提到"影戏粑"，我觉得这就是四川的灯影牛肉一类的东西。炒菜也有，如炒蟹,但极少。

宋朝人饮酒和后来有些不同的,是总要有些鲜果干果,如柑、梨、蔗、柿,炒栗子,新银杏,以及莴苣、"姜油多"之类的菜蔬和玛瑙饧、泽州饧之类的糖稀。《水浒传》所谓"铺下果子按酒",即指此类东西。

宋朝的面食品类甚多。我们现在叫作主食,宋人却叫"从食"。面食主要是饼。《水浒》动辄说"回些面来打饼"。饼有门油、菊花、宽焦、侧厚、油锅、新样满麻……《东京梦华录》载武成王庙前海州张家、皇建院前郑家最盛,每家有五十余炉。五十几个炉子一起烙饼,真是好家伙!

遍检《东京梦华录》《都城纪胜》《西湖老人繁胜录》《梦粱录》《武林旧事》,都没有发现宋朝人吃海参、鱼翅、燕窝的记载。吃这种滋补性的高蛋白的海味,大概从明朝才开始。这大概和明朝人的纵欲有关系,记得鲁迅好像曾经说过。

宋朝人好像实行的是"分食制"。《东京梦华录》

云"用一等琉璃浅棱碗……每碗十文",可证。《韩熙载夜宴图》上画的也是各人一份,不像后来大家合坐一桌,大盘大碗,筷子勺子一起来。这一点是颇合卫生的,因不易传染肝炎。

一九八七年一月十八日
载一九八七年第六期《作家》

# 老学闲抄

## 皇帝的诗

我的家乡高邮是个泽国,经常闹水灾。境内有高邮湖,往来旅客,多于湖边泊船,其中不乏骚人墨客,写了一些诗。高邮县政协盂城诗社寄给我一册《珠湖吟集》,是历代写高邮湖的。我翻看了一遍,不外是写湖上风景、水产鱼虾,写旅兴或旅愁,很少涉及人民生活的,大都无甚深意,没有什么分量。看多了有喝了一肚子白开水之感。奇怪的是，写得很有分量的，倒是两位清朝皇帝的诗。一首是康熙的，一首是乾隆的，录如下：

### 高邮湖见居民田庐多在水中因询其故恻然念之
### 康熙

淮扬罹水灾，流波常浩浩。
龙舰偶经过，一望类洲岛。
田亩尽沉沦，舍庐半倾倒。
茕茕赤子民，凄凄卧深潦。
对之心惕然，无策施襁褓。
夹岸罗黔首，跽陈进耆老。
咨诹不厌烦，利弊细探讨。
饥寒或有由，良惭奉苍颢。
古人念一夫，何况睹枯槁。
凛凛夜不寐，忧勤悬如捣。
亟图浚治功，极济须及早。
今当复故业，咸令乐怀保。

## 高邮湖
### 乾隆

淮南古泽国，高邮更巨浸。

诸湖率汇兹，万顷波容任。

洒火含阴精，孕珠符祥谶。

堤岸高于屋，居民疑地窨。

嗟我水乡民，生计惟罟罙。

菱芡佐饔飧，舴艋待用赁。

其乐实未见，其艰亦已甚。

乾隆这首诗写得真切沉痛，和刻在许多名胜古迹的御碑上的满篇锦绣珠玑的七言律诗或绝句很不相同。"其乐实未见，其艰亦已甚"，慨乎言之，不啻是在载酒的诗翁的悠然的脑袋上敲了一棒。比较起来，康熙的一首写得更好一些，无雕饰，无典故，明白如话。难得的是民生的疾苦使一位皇帝内心感到惭愧。"凛凛夜不寐，忧勤悬如抔"虽然用的是成句，但感情是真挚的。这种感情不是装出来的，他没有必要装，装也装不出来。

　　康熙和乾隆都是有作为的皇帝。他们的几次南巡，背景和目的是什么，我没有考察过，但绝不只是游山玩水，领略南方的繁华佳丽（不完全排除这因素）。我想体察民风，俾知朝政之得失，是其缘由之一。他们真是做到了"深入群众"了，尤其是康熙。他们的关心民瘼，最终的目的，当然还是为了维持和巩固其统治。这也没有什么不好。他们知道，脱离人民，其统治是不牢固的。他们不只是坐在宫里看报告（奏折），要亲自下来走一走。关心民瘼，不只在嘴上说说，要动真感情。因此，我们在两三百年之后读这样的诗，还是很感动。

……

### 诗用生字

《对床夜语》（宋范晞文撰）卷五：

> 诗用生字，自是一病，苟欲用之，要使一句之意，尽于此字上见工，方为稳帖。如唐人"走月逆行云""芙蓉抱香死""笠卸晚峰阴""秋雨慢琴弦""松凉夏健人"，"逆"字、"抱"字、"卸"字、"慢"字、"健"字，皆生字也，自下得不觉。

此言是也。

前几年有几位很有才华的年轻的作家很注意在语言上下功夫，炼字炼句，刻意求工，往往用一些怪字，使人有生硬之感。有人说，这是炼得太过了。我原先也是这样想。最近想想，觉得不是炼得太过，而是炼得还不够。如果再炼炼，就会由生入熟，本来是生字，读起来却像是熟字，"自下得不觉"。

炼字可以临时炼，对着稿纸，反复捉摸，要找一个恰当而不俗的字。但更重要的是平时的"发现"。阿城的小说里写：老鹰在天上移来移去，这写得好。鹰在高空，全不见翅膀动，只是"移来移去"。这个感觉抓得很准。"炼"字，无非是抓到了一种感觉。一个作家所异于常人者，也无非是对"现象"更敏感些。阿城的"移来移去"的印象，我想是早就有了，不是对着稿纸苦思出来的。

最好还是用常见的字，使之有新意。姜白石说："人所难言，我易言之，人所常言，我寡言之，自不俗。"我之所言，也还是人之所言，不是凭空杜撰出来的。"数峰清苦，商略黄昏雨"，此境人不易到，然而"清苦""商略"，固是平常的话也。阿城的"移来移去"，"移"字也是平常的字。

## 毛泽东用乡音押韵

毛主席的诗词大体上押的是"平水韵"，《西江月·井冈山》是个例外。

山下旌旗在望，

山头鼓角相闻。
敌军围困万千重，
我自岿然不动。
早已森严壁垒，
更加众志成城。
黄洋界上炮声隆，
报道敌军宵遁。

这首词押的不是"平水韵"。当然也不是押的北方通俗韵文所用的"十三辙"。如果用听惯"十三辙"的耳朵来听，就会觉得不很协韵，"闻""重""动""城""隆""遁"，怎么能算是一道韵呢？这不是"中东""人辰"相混么？稍一捉摸，哦，这首词是照湖南话押的韵。照湖南话，"重"音chen，"动"音den，"城"音chen，"隆"音len，"遁"音den，其韵尾都是en，正是一道韵。用湖南话读起来会觉得非常和谐。在战争环境里，无韵书可查，毛主席用湖南话押韵大概是不知不觉的。

毛西河说:"词本无韵。"不是说词可以不押韵,而是说既没有官颁的韵书可遵循,也不像写北曲似的要以具有权威性的"中原音韵"为依据,可以比较自由。好像没有听说过谁编过一本"词韵"。张玉田谓:"词以协律,当以口舌相调。"即只能靠读或唱起来的感觉来决定。既然如此,填词的人在笔下流出自己的乡音,便是很自然的事。

中国语音复杂,不可能定出一本全国通行,能够适合南北各地的戏曲、曲艺的"官韵"。北方戏、曲种大部分依照"十三辙"。但即是"十三辙"也很麻烦,山西话把"人辰"都读成了"中东"。京剧这两道辙也常相混,京剧演员,尤其是老生,认为"中东唱人辰,怎么唱也不丢人"。看来只有"以口舌相调",凭感觉。现在写戏曲、曲艺,写新诗(如果押韵)乃至填词,只能用鲁迅主张的办法:押大致相同的韵。写"近体诗"的如果愿意恪守"平水韵",自然也随便。

一九九〇年十月二十五日
载一九九一年第二期《鸭绿江》

# 《水浒》人物的绰号

## 鼓上蚤和拼命三郎

由"旱地忽律"想到《水浒》一百零八将的绰号。

有的绰号是起得很精彩的,很能写出人物的气质风度,很传神,耐人寻味。

如"鼓上蚤时迁"。曾看过一则小资料,跳蚤是世界动物中跳高的绝对冠军,以它的个头和能跳的高度为比例，没有任何动物能赶得上，这是有数据的。当时想把这则资料剪下来，忙乱中丢失了，很可惜。我所以对这则资料感兴趣，是因为当时就想到"鼓上蚤"。跳蚤本来跳得就高，于鼓上跳，鼓有弹性，其高可知。话说回来，谁见过鼓上的跳蚤？给时迁起这个绰号的人的想象力实在令人佩服。

时迁在《水浒》里主要做了三件事：一偷鸡，二盗甲，三火烧翠云楼。偷鸡无足称，虽然这是武丑的开门戏。写得最精彩的是盗甲。时迁是"神偷"型的人物。中国的市民对于神偷是很崇拜的。凡神偷都有共同的特点，除了身轻、手快，一双锐利的眼睛，更重要的是举重若轻，履险如夷，于间不容发之际能从容不迫。《水浒》写盗甲，一步一步，层次分明，交代清楚。甲到手，时迁"悄悄地开了楼门，款款儿地背着皮匣，下得扶梯，从里面直开到外面来，真是神不知鬼不觉"。"款款地"是不慌不忙的意思，现在山西、张家口还这么说。"款款"下加一"儿"字"款款儿地"，更有韵味。火烧翠云楼是打北京城的一大关目。这两回书都写得不精彩，李卓吾评之曰"不济不济"。时迁放火，写得很马虎。不过我小时看石印本绣像《水浒》，时迁在烈焰腾腾的翠云楼最高一层的檐角倒立着——拿起一把顶，印象还是很深刻的。

时迁在《水浒》里要算个人物，但石碣天书却把他排在地煞星的倒数第二，连白日鼠白胜都在他的前面，后面是毫无作为的"金毛犬段景住"，这实在是委屈了他。

如"拼命三郎石秀"。"拼命"和"三郎"放在一起，便产生一种特殊的意境，产生一种美感。大郎、二郎都不成，就得是三郎。这有什么道理可说呢？大哥笨、二哥憨，只有老三往往是聪明伶俐的。中国语言往往反映出只可意会的、潜在复杂的社会心理。

拼命三郎不只是不怕死，敢拼命，路见不平，拔刀相助，为朋友两肋插刀，更重要的是说他办事爽快，凡事不干则已，干，就干净利落，绝不拖泥带水。这是个工于心计的人，绝不是莽莽撞撞。看他杀胡道，杀海阇黎、杀潘巧云、杀迎儿，莫不经过翔实的调查,周密的安排,刀刀见血,下手无情。这个人给人的印象是未免太狠了一点。

石秀上山后无大作为,只是三打祝家庄探路有功,但《水浒》写得也较平淡,倒是昆曲《探庄》给他一个"单出头"的机会。曾见过侯永奎的《探庄》,黑罗帽,黑箭衣,英气勃勃。侯永奎的嗓子奇高而亮,只是有点左,不大挂味,但演石秀,却很对工。

载一九九〇年十月二十四日《文汇报》

## 浪子燕青及其他

"浪子燕青"的"浪子"是一个特定概念,指的是风流浪子。张国宝《罗李郎》杂剧:"人都道你是浪子,上长街百十样风流事。"此人一出场,但见:

"六尺以上身材,二十四五年纪,三牙掩口细髯,十分腰细膀阔……腰间斜插名人扇,鬓畔常簪四季花。"

这个"人物赞"描写如画,在《水浒》诸"赞"之中是上乘。

"这人是北京土居人氏,自小父母双亡,卢员外家中养的他大。为见他一身雪练也是白肉,卢俊义叫一个高手匠人,与他刺了这一身遍体花绣,却似玉亭柱上铺着软翠。若赛锦体,由你是谁,都输与他。不则一身好花绣,那人更兼吹的、弹的、唱的、舞的,拆白道字,顶真续麻,无有不能,无有不会。亦是说的诸路乡谈,省的诸行百艺的市语。更且一身本事,无人比的。拿着一张川弩,只用三枝短箭,郊外落生,并不放空,箭到物落。晚间入城,少杀也有百十个虫蚁。若赛锦标社,那里利物,管取都是他的。亦且此人百伶百俐,道头知尾,本身姓燕,排行第一,官名单讳个青字,北京城里人口顺,都叫他做'浪子燕青'。"

《水浒》里文身绣体的有两个人。一个是史进,一个是燕青。史进刺的是九纹龙,燕青刺的大概是花鸟。"凤凰踏碎玉玲珑,孔雀斜穿花错落"。"玉玲珑"是什么,曾有人考证过,结论勉强。一说玉玲珑是复瓣水仙。总之燕青刺的花是相当复杂的。史进的绣体因为后来不常脱膊,再没有展示的机会。燕青在东岳庙和任原相扑,脱得只剩一条熟绢水裤儿,浑身花绣毕露,赢得众人喝彩,着实地出了风头。

《水浒传》对燕青真是不惜笔墨,前后共用了一篇赋体的赞,一段散文的叙述,一首"沁园春",一篇七言古风,不厌其烦。如此调动一切手段赞美一个人物,在全书中绝无仅有。看来作者对燕青是特别钟爱的。

写相扑一回,章法奇特。前面写得很铺张,从燕青与宋江谈话,到燕青装作货郎担儿,唱山东货郎转调歌,到和李逵投宿住店,到用扁担劈了任原夸口的粉牌,到众人到客店张看燕青,到燕青游玩岱岳庙,到往迎恩桥看任原,到相扑献台的布置,到太守劝阻燕青,到"部署"再度劝阻,一路写来,曲折详尽,及至正面写到相扑交手,只几句话就交代了。起得铺张,收得干净,确是文章高手。相扑原是"说时迟,那时快"的事,动作本身,没有多少好写。但是《水浒》的寥寥数语却写得十分精彩。

……任原看看逼将入来,虚将左脚卖个破绽,燕青叫一声"不要来!"任原却待奔他,被燕青去任原左肋下穿将过去。任原性起,急转身又来拿燕青,被燕青虚跃一跃,又在右肋下钻过去。大汉转身,终是不便,三换换得脚步乱了。燕青却抢将入去,右手扭住任原,探左手插入任原交裆,用肩膊顶住他胸脯,把任原直托将起来,头重脚轻,借力便旋五旋,到献台边,叫一声"下去!",把任原头在下脚在上,直撺下献台来,这一扑名叫"鹁鸽旋",数万香官看了,齐声喝彩。

容与堂刻本《水浒传》于此处行边加了一路密

圈，看来李卓吾对这段文字也是很欣赏的。这一段描写实可作为体育记者的范本。

燕青不愧是"浪子"。

《水浒》一百零八人多数的绰号并不是很精彩。宋江绰号"呼保义"，不知是什么意思。龚开的画赞称之曰"呼群保义"，近是"增字解经"。他另有个绰号"及时雨"是个比喻，只是名实不符。宋江并没有在谁遇到困难时给人什么帮助，倒是他老是在危难之际得到别人的解救。"黑旋风李逵"的绰号大概起得较早，元杂剧里就有几出以"黑旋风"为题目的，但这个绰号只是说他爱向人多处排头砍去，又生得黑，也形象，但了无余蕴。"霹雳火"只是说这个人性情急躁。"豹子头"我始终不明白是什么意思。倒是"菜园子张青"虽看不出此人有多大能耐，却颇潇洒。

不过《水浒》能把一百零八人都安上一个绰号，配备齐全，也不容易。

绰号是特定的历史时期的文学现象和社会现象。其盛行大概在宋以后、明以前，即《水浒传》成书之时。宋以前很少听到。明以后不绝如缕。如《七侠五义》里的"黑狐狸智化",窦尔墩"人称铁罗汉",但在演义小说中不那么普遍。从文学表现手段(虽然这是末技)和社会心理,主要是市民心理的角度研究一下绰号,是有意义的。

一九九〇年八月十四日
载一九九一年二月六日《文汇报》

# 写字

写字总得从临帖开始。我比较认真地临过一个时期的帖,是在十多岁的时候,大概是小学五年级、六年级和初中一年级的暑假。我们那里,那样大的孩子"过暑假"的一个主要内容便是读古文和写字。一个暑假,我从祖父读《论语》,每天上午写大、小字各一张,大字写《圭峰碑》,小字写《闲邪公家传》,都是祖父给我选定的。祖父认为我写字用功,奖给了我一块猪肝紫的端砚和十几本旧拓的字帖:我印象最深的是一本褚河南的《圣教序》。这些字帖是一个败落的世家夏家卖出来的。夏家藏帖很多，我的祖父几乎全部买了下来。一个暑假，从一个姓韦的先生学桐城派古文、写字。韦先生是写魏碑的，他让我临的却是《多宝塔》。一个暑假读《古文观止》、唐诗，写《张猛龙》。这是我父亲的主意。他认为得写写魏碑，才能掌握好字的骨力和间架。我写《张猛龙》，用的是一种稻草做的纸——不是解大便用的草纸，很大，有半张报纸那样大，质地较草纸紧密，但是表面相当粗。这种纸市面上看不到卖，不知道父亲是从什么地方买来的。用这种粗纸写魏碑是很合适的，运笔需格外用力。其实不管写什么体的字，都不宜用过于平滑的纸。古人写字多用麻纸，是不平滑的。像澄心堂纸那样细腻的，是不多见的。这三部帖，给我的字打了底子，尤其是《张猛龙》。到现在，从我的字里还可以看出它的影响，结体和用笔。

临帖是很舒服的，可以使人得到平静。初中以后，我就很少有整桩的时间临帖了。读高中时，偶尔临一两张，一曝十寒。二十岁以后，读了大学，极少临帖。曾在昆明一家茶叶店看到一副对联："静对古碑临黑女，闲吟绝句比红儿。"这副对联的作者真是一个会享福的人。《张黑女》的字我很喜欢，但是没有临过，倒是借得过一本，反反复复，"读"了好多遍。《张黑女》北书而有南意，我以为是从魏碑到二王之间的过渡。这种字体很难把握，五十年来，我还没有见过一个书家写《张黑女》而能得其仿佛的。

写字，除了临帖，还需"读帖"。包世臣以为读帖当读真迹，石刻总是形似，失去原书精神，看不出笔意，固也。试读《三希堂法帖·快雪时晴》，再到故宫看看原件，两者比较，相去真不可以道里计。看真迹，可以看出纸、墨、笔之间的关系。尤其是"运墨"，"纸墨相得"是从拓本上感觉不出来的。但是真迹难得看到，像《快雪时晴》《奉橘帖》那样的稀世国宝，故宫平常也不拿出来展览。隔着一层玻璃，也不便揣摩谛视。求其次，则可看看珂罗版影印的原迹。多细的珂罗版也是有网纹的，印出来的字多浅淡发灰，不如原书的沉着入纸。但是，毕竟慰情聊胜无，比石刻拓本要强得多。读影印的《祭侄文稿》，才知道颜真卿的字是从二王来的，流畅潇洒，并不都像《麻姑仙坛》那样见棱见角的"方笔"；看《兴福寺碑》，觉赵子昂的用笔也是很硬的，不像坊刻应酬尺牍那样柔媚。再其次，便只好看看石刻拓本了。不过最好要旧拓。从前旧拓字帖并不很贵，逛琉璃厂，挟两本旧帖回来，不是难事。现在可不得了了！前十年，我到一家专卖碑帖的铺子里，见有一部《淳化阁帖》，我请售货员拿下来看看，售货员站着不动，只说了个价钱。他的意思我明白：你买得起吗？我只好向他道歉："那就不麻烦你了！"现在比较容易得到的丛帖是北京日报出版社影印的《三希堂法帖》。乾隆本的《三希堂法帖》是浓墨乌金拓。我是不喜欢乌金拓的，太黑，且发亮。北京日报出版社用重磅铜版纸印，更显得油墨堆浮纸面，很"暴"。而且分装四大厚册，很重，展玩极其不便。不过能有一套《三希堂法帖》已属幸事，还有什么话可说呢？

《三希堂法帖》收宋以后的字很多。对于中国书法的发展，一向有两种对立的意见。一种以为中国的书法，一坏于颜真卿，二坏于宋四家。一种以为宋人书是一个重要的突破。宋人宗法二王，而不为二王所囿，用笔洒脱，显出各自的个性和风格。有人一辈子写晋人书体，及读宋人帖，方悟用笔。我觉两种意见都有道理。但是，二王书如清炖鸡汤，宋人书如棒棒鸡。清炖鸡汤是真味，但是吃惯了麻辣的川味，便觉得什么菜都不过瘾。一个人多"读"宋人字，便会终身摆脱不开，明知趣味不高，也没有办法。话又说回来，现在书家中标榜写二王的，有几个能不越雷池一步的？即便是沈尹默，他的字也明显地看出有米字的影响。

"宋四家"指苏（东坡）、黄（山谷）、米（芾）、蔡。"蔡"本指蔡京，但因蔡京人品不好，遂以蔡襄当之。早就有人提出这个排列次序不公平。就书法成就说，应是蔡、米、苏、黄。我同意。我认为宋人书法，当以蔡京为第一。北京日报出版社《三希堂法帖与书法家小传》(卷二),称蔡京"字势豪健,痛快沉着,严而不拘,逸而不外规矩。比其从兄蔡襄书法,飘逸过之,一时各书家,无出其左右者""……但因人品差,书名不为世人所重"。我以为这评价是公允的。

这里就提出一个多年来缠夹不清的问题:人品和书品的关系。一种很有势力的意见以为,字品即人品,字的风格是人格的体现。为人刚毅正直,其书乃能挺拔有力。典型的代表人物是颜真卿。这不能说是没有道理,但是未免简单化。有些书法家,人品不能算好,但你不能说他的字写得不好,如蔡京,如赵子昂,如董其昌,这该怎么解释?历来就有人贬低他们的书法成就。看来,用道德标准、政治标准代替艺术标准,是古已有之的。看来,中国的书法美学、书法艺术心理学,得用一个新的观点、新的方法来重新开始研究。简单从事,是有害的。

蔡京字的好处是放得开,《与节夫书帖》《与宫使书帖》可以为证。写字放得开并不容易。书家往往于酒后写字,就是因为酒后精神松弛,没有负担,较易放得开。相传王羲之的《兰亭序》是醉后所写。苏东坡说要"酒气拂拂从指间出",才能写好字,东坡《答钱穆父诗》书后自题是"醉书"。万金跋此帖后云:

"右军兰亭,醉时书也。东坡答钱穆父诗,其后亦题曰醉书。较之常所见帖大相远矣。岂醉者神全,故挥洒纵横,不用意于布置,而得天成之妙欤?不然则兰亭之传何其独盛也如此。"

说得是有道理的。接连写几张字,第一张大都不好,矜持拘谨。大概第三四张较好,因为笔放开了。写得太多了,也不好,容易"野"。写一上午字,有一张满意的,就很不错了。有时一张都不好,也很别扭。那就收起笔砚,出去遛个弯儿去。写字本是遣兴,何必自寻烦恼。

一九九〇年七月十二日
载一九九〇年第十期《八小时以外》

# 二

# 汪曾祺讲植物

## 导读

植物总是作为最忠实的挚友，陪伴在我们身边。科学课上，我们观察着种子的萌发，记录下新芽每日的不同。科学课后，我们在家里为剑兰浇水，擦拭栀子花的身体。我们学会了各种各样的植物知识和观察方法，眼前的植物世界也因此而清晰。那在汪曾祺的眼中，他所爱的植物"精灵"有着怎样的人间精彩呢？他又是如何用一双充满爱意与智慧的眼去观察人间草木的呢？请跟随汪曾祺的文字，去聆听蜡梅花的故事，经历葡萄的一生，融入紫薇、蘑菇和枸杞的野趣，触摸他眼中的故乡野花、北京秋花……同他一起沉浸在充满生命力的花花草草的世界里，"欣然亦自得，不共赤城霞"。

# 蜡梅花

"雪花、冰花、蜡梅花……"我的小孙女这一阵老是唱这首儿歌。其实她没有见过真的蜡梅花,只是从我画的画上见过。

周紫芝《竹坡诗话》云:"东南之有蜡梅,盖自近时始。余为儿童时,犹未之见。元祐间,鲁直诸公方有诗,前此未尝有赋此诗者。政和间,李端叔在姑谿①,

---

① 谿:古同"溪"。

元夕见之僧舍中,尝作两绝,其后篇云:'程氏园当尺五天,千金争赏凭朱栏。莫因今日家家有,便作寻常两等看。'观端叔此诗,可以知前日之未尝有也。"看他的意思,蜡梅是从北方传到南方去的。但是据我的印象,现在倒是南方多,北方少见,尤其难见到长成大树的。我在颐和园藻鉴堂见过一棵,种在大花盆里,放在楼梯拐角处。因为不是开花的时候,绿叶披纷,没有人注意。和我一起住在藻鉴堂的几个搞剧本的同志,都不认识这是什么。

我的家乡有蜡梅花的人家不少。我家的后园有四棵很大的蜡梅。这四棵蜡梅,从我记事的时候,就已经是那样大了。很可能是我的曾祖父在世的时候种的。这样大的蜡梅,我以后在别处没有见过。主干有汤碗口粗细,并排种在一个砖砌的花台上。这四棵蜡梅的花心是紫褐色的,按说这是名种,即所谓"檀心磬口"。蜡梅有两种,一种是檀心的,一种是白心的。我的家乡偏重白心的,美其名曰"冰心蜡梅",而将檀心的贬为"狗心蜡梅"。蜡梅和狗有什么关系呢?

真是毫无道理！因为它是狗心的，我们也就不大看得起它。

不过凭良心说，蜡梅是很好看的。其特点是花极多——这也是我们不太珍惜它的原因。物稀则贵，这样多的花，就没有什么稀罕了。每个枝条上都是花，无一空枝。而且长得很密，一朵挨着一朵，挤成了一串。这样大的四棵大蜡梅，满树繁花，黄灿灿地吐向冬日的晴空，那样的热热闹闹，而又那样的安安静静，实在是一个不寻常的境界。不过我们已经司空见惯，每年都有一回。

每年腊月，我们都要折蜡梅花。上树是我的事。蜡梅木质疏松，枝条脆弱，上树是有点危险的。不过蜡梅多枝杈，便于蹬踏，而且我年幼身轻，正是"一日上树能千回"的时候，从来也没有掉下来过。我的姐姐在下面指点着："这枝，这枝！哎，对了，对了！"我们要的是横斜旁出的几枝，这样的不蠢；要的是几朵半开，多数是骨朵的，这样可以在瓷瓶里养好几天——如果是全开的，几天就谢了。

下雪了,过年了。大年初一,我早早就起来,到后园选摘几枝全是骨朵的蜡梅,把骨朵都剥下来,用极细的铜丝——这种铜丝是穿珠花用的,就叫作"花丝",把这些骨朵穿成插鬓的花。我们县北门的城门口有一家穿珠花的铺子,我放学回家路过,总要钻进去看几个女工怎样穿珠花,我就用她们的办法穿成各式各样的蜡梅珠花。我在这些蜡梅珠子花当中嵌了几粒天竺果——我家后园的一角有一棵天竺。黄蜡梅、红天竺,我到现在还很得意:那是真很好看的。我把这些蜡梅珠花送给我的祖母,送给大伯母,送给我的继母。她们梳了头,就插戴起来。然后,互相拜年。我应该当一个工艺美术师的,写什么屁小说!

一九八七年二月十八日
载一九八七年第六期《作家》

# 葡萄月令

一月，下大雪。

雪静静地下着。果园一片白。听不到一点声音。葡萄睡在铺着白雪的窖里。

二月里刮春风。

立春后，要刮四十八天"摆条风"。风摆动树的枝条，树醒了，忙忙地把汁液送到全身。树枝软了。树绿了。

雪化了，土地是黑的。

黑色的土地里，长出了茵陈蒿。碧绿。

葡萄出窖。

把葡萄窖一锹一锹挖开。挖下的土，堆在四面。葡萄藤露出来了，乌黑的。有的梢头已经绽开了芽苞，吐出指甲大的苍白的小叶。它已经等不及了。

把葡萄藤拉出来，放在松松的湿土上。

不大一会，小叶就变了颜色，叶边发红——又不大一会，绿了。


三月，葡萄上架。

先得备料。把立柱、横梁、小棍，槐木的、柳木的、杨木的、桦木的，按照树棵大小，分别堆放在旁边。立柱有汤碗口粗的、饭碗口粗的、茶杯口粗的。一棵大葡萄得用八根、十根，乃至十二根立柱。中等的，六根、四根。

先刨坑，竖柱。然后搭横梁，用粗铁丝摽紧。然后搭小棍，用细铁丝缚住。

然后，请葡萄上架。把在土里趴了一冬的老藤扛起来，得费一点劲。大的，得四五个人一起来。"起——起！"哎，它起来了。把它放在葡萄架上，把枝条向三面伸开，像五个指头一样的伸开，扇面似的伸开。然后，用麻筋在小棍上固定住。葡萄藤舒舒展展，凉凉快快地在上面待着。

上了架，就施肥。在葡萄根的后面，距主干一尺，挖一道半月形的沟，把大粪倒在里面。葡萄上大粪，不用稀释，就这样把原汁大粪倒下去。大棵的，得三四桶。小葡萄，一桶也就够了。

四月，浇水。

挖窖挖出的土，堆在四面，筑成垄，就成一个池子。池里放满了水。葡萄园里水气泱泱，沁人心肺。

葡萄喝起水来是惊人的。它真是在喝哎！葡萄藤的组织跟别的果树不一样，它里面是一根一根细小的导管。这一点，中国的古人早就发现了。《图经》云："根苗中空相通。圃人将货之，欲得厚利，暮溉其根，而晨朝水浸子中矣,故俗呼其苗为木通。""暮溉其根,而晨朝水浸子中矣",是不对的。葡萄成熟了,就不能再浇水了。再浇,果粒就会涨破。"中空相通"却是很准确的。浇了水,不大一会,它就从根直吸到梢,简直是小孩喂奶似的拼命往上喂。浇过了水,你再回来看看吧:梢头切断过的破口,就嗒嗒地往下滴水了。

是一种什么力量使葡萄拼命地往上吸水呢?

施了肥,浇了水,葡萄就使劲抽条、长叶子。真快!原来是几根根枯藤,几天工夫,就变成青枝绿叶的一大片。

五月,浇水,喷药,打梢,掐须。

葡萄一年不知道要喝多少水,别的果树都不这样。别的果树都是刨一个"树碗",往里浇几担水就得了,没有像它这样的"漫灌",整池子地喝。

喷波尔多液。从抽条长叶,一直到坐果成熟,不知道要喷多少次。喷了波尔多液,太阳一晒,葡萄叶子就都变成蓝的了。

葡萄抽条，丝毫不知节制，它简直是瞎长！几天工夫，就抽出好长的一截的新条。这样长法还行呀，还结不结果呀？因此，过几天就得给它打一次条。葡萄打条，也用不着什么技巧，是个人就能干，拿起树剪，劈劈啪啪，把新抽出来的一截都给它铰了就得了。一铰，一地的长着新叶的条。

葡萄的卷须，在它还是野生的时候是有用的，好攀附在别的什么树木上。现在，已经有人给它好好地固定在架上了，就一点用也没有了。卷须这东西最耗养分——凡是作物，都是优先把养分输送到顶端，因此，长出来就给它掐了，长出来就给它掐了。

葡萄的卷须有一点淡淡的甜味。这东西如果腌成咸菜，大概不难吃。

五月中下旬，果树开花了。果园，美极了。梨树开花了，苹果树开花了，葡萄也开花了。

都说梨花像雪，其实苹果花才像雪，雪是厚重的，不是透明的。梨花像什么呢？梨花的瓣子是月亮做的。

有人说葡萄不开花,哪能呢?只是葡萄花很小,颜色淡黄微绿,不钻进葡萄架是看不出的。而且它开花期很短。很快,就结出了绿豆大的葡萄粒。

六月,浇水、喷药、打条、掐须。

葡萄粒长了一点了,一颗一颗,像绿玻璃料做的纽子。硬的。

葡萄不招虫。葡萄会生病,所以要经常喷波尔多液。但是它不像桃,桃有桃食心虫;梨,梨有梨食心虫。葡萄不用疏虫果——果园每年疏虫果是要费很多工的。虫果没有用,黑黑的一个半干的球,可是它耗养分呀!所以,要把它"疏"掉。

七月,葡萄"膨大"了。

掐须、打条、喷药,大大地浇一次水。

追一次肥。追硫铵。在原来施粪肥的沟里撒上硫铵。然后,就把沟填平了。把硫铵封在里面。

汉朝是不会追这次肥的，汉朝没有硫铵。

八月，葡萄"着色"。

你别以为我这里是把画家的术语借用来了。不是的。这是果农的语言，他们就叫"着色"。

下过大雨，你来看看葡萄园吧，那叫好看！白的像白玛瑙，红的像红宝石，紫的像紫水晶，黑的像黑玉。一串一串，饱满、磁棒①、挺括，璀璨琳琅。你就把《说文解字》里的带玉字偏旁的字都搬了来吧，那也不够用呀！

可是你得快来！明天，对不起，你全看不到了。我们要喷波尔多液了。一喷波尔多液，它们的晶莹鲜艳全都没有了，它们蒙上一层蓝兮兮、白糊糊的东西，成了磨砂玻璃。我们不得不这样干。葡萄是吃的，不是看的。我们得保护它。

过不了两天，就下葡萄了。

---

① 磁棒：陕西方言，意为瓷实、饱满。

一串一串剪下来,把病果、瘪果去掉,妥妥地放在果筐里。果筐满了,盖上盖,要一个棒小伙子跳上去蹦两下,用麻筋缝的筐盖——新下的果子,不怕压,它很结实,压不坏。倒怕是装不紧,咣里咣当的。那,来回一晃悠,全得烂!

葡萄装上车,走了。

去吧,葡萄,让人们吃去吧!

九月的果园像一个生过孩子的少妇,宁静、幸福,而慵懒。

我们还要给葡萄喷一次波尔多液。哦,下了果子,就不管了?人,总不能这样无情无义吧。

十月,我们有别的农活。我们要去割稻子。葡萄,你愿意怎么长,就怎么长着吧。

十一月,葡萄下架。

把葡萄架拆下来。检查一下,还能再用的,搁在一边。糟朽了的,只好烧火。立柱、横梁、小棍,分别堆垛起来。

剪葡萄条。干脆得很,除了老条,一概剪光。葡萄又成了一个大秃子。

剪下的葡萄条,挑有三个芽眼的,剪成二尺多长的一截,捆起来,放在屋里,准备明春插条。

其余的,连枝带叶,都用竹笤帚扫成一堆,装走了。

葡萄园光秃秃。

十一月下旬,十二月上旬,葡萄入窖。

这是个重活。把老本放倒,挖土把它埋起来。要埋得很厚实。外面要用铁锹拍平。这个活不能马虎。都要经过验收,才给记工。

葡萄窖,一个一个长方形的土墩墩。一行一行,整整齐齐地排列着。风一吹,土色发了白。

这真是一年的冬景了。热热闹闹的果园,现在什么颜色都没有了。眼界空阔,一览无余,只剩下发白的黄土。

下雪了。我们踏着碎玻璃碴似的雪，检查葡萄窖，扛着铁锹。

一到冬天，要检查几次。不是怕别的，怕老鼠打了洞。葡萄窖里很暖和，老鼠爱往这里面钻。它倒是暖和了，咱们的葡萄可就受了冷啦！

**载一九八一年第十二期《安徽文学》**

# 昆明的花

## 茶花

张岱的文章里不止一次提到"滇茶一本",云南茶花驰名久矣。茶花曾被选为云南省花。曾见过一本《云南茶花》照相画册,印制得很精美,大概就是那一年编印的。茶花品种很多,颜色、花形各异。滇茶为全国第一,在全世界也是有数的。这大概是因为云南的气候、土壤都与茶花特别相宜。

西山某寺（偶忘寺名）有一棵很大的红茶花。一棵茶花，占了大雄宝殿前的院子的一多半——寺庙的庭院都是很大的。花开时，至少有上百朵，花皆如汤碗口大。碧绿的厚叶子，通红的花头，使人不暇仔细观赏，只觉得烈烈轰轰的一大片，真是壮观。寺里的和尚怕树身负担不了那么多花头的重量，用杉木搭了很大的架子，支撑着四面的枝条。我一生没有看见过这样高大的茶花。

茶花的花期很长。我似乎没有见过一朵凋败在树上的茶花。这也是茶花的可贵处。

汤显祖把他的居室命名为"玉茗堂"。俞平伯先生在一篇文章里说，玉茗是一种名贵的白茶花。我在《云南茶花》那本画册里好像没有发现"玉茗"这一名称。不过我相信云南是一定有玉茗的，也许叫作什么别的名字。

## 樱花

春雨既足，风和日暖，圆通公园樱花盛开。花开时，游人很多，蜜蜂也很多。圆通公园多假山，樱花就开在假山的上上下下。樱花无姿态，花形也平常，不耐细看，但是当得一个"盛"字。那么多的花，如同明霞绛雪，真是热闹！身在耀眼的花光之中，满耳是嗡嗡的蜜蜂声音，使人觉得有点晕晕乎乎的。此时人与樱花已经融为一体。风和日暖，人在花中，不辨为人为花。

## 兰花

曾到一位绅士家做客——他的女儿是我们的同学。这位绅士曾经当过一任教育总长，多年闲居在家，每天除了看看报纸，研究在很远的地方进行的战争，谈谈中国的线装书和法国小说，剩下的嗜好是种兰花。他的客厅里摆着几十盆兰花。这间屋子仿佛已为兰花的香气所窨透，纱窗竹帘，无不带有淡淡的清香。屋里屋外都静极了。坐在这间客厅里，用细瓷盖碗喝着"滇绿"，看看披拂的兰叶，清秀素雅的兰花箭子，闻嗅着兰花的香气，真不知身在何世。

我的一位老师曾在呈贡桃园住过几年，他的房东也是爱种兰花的。隔了差不多四十年，这位先生还健在，已经是一位老者了……他的女儿要到北京来玩，劝说她父亲也到北京走走，老人不同意，他说："我的这些兰花咋个整？"

## 缅桂花

昆明缅桂花多，树大，叶茂，花繁。每到雨季，一城都是缅桂花的浓香，我已于《昆明的雨》中说及,不复赘。

## 粉团花

粉团花即绣球。昆明人谓之"粉团",亦有理致。云南民歌:"阿妹好像粉团花。"用绣球花来比拟少女,别处的民歌里好像还未见过。于此可见云南绣球甚多,遍布城乡,所以歌手们能近取譬。

## 康乃馨·菖兰·夜来香

康乃馨昆明人谓之洋牡丹,菖兰即剑兰,夜来香在有的地方叫作晚香玉。这都是插瓶的花。康乃馨有红的、粉的、白的。菖兰的颜色更多,粉色的,白色的,黄色的,紫得发黑的。夜来香洁白如玉。昆明近日楼有一个很大的花市,卖花的把水灵灵的鲜花摊在一片芭蕉叶上卖。鲜花皆烂贱。买一大把鲜花和称二斤青菜的价钱差不多。

## 美人蕉和波斯菊

波斯菊叶子极细碎轻柔，花粉紫色，单瓣；瓣极薄。微风吹拂，花叶动摇，如梦如烟。

我原以为波斯菊只有南方有，后来在张家口坝上沽源县的街头也看见了这种花，只是塞北少雨水，花开得不如昆明滋润。在沽源看见波斯菊使我非常惊喜，因为它使我一下子想起了昆明。

波斯菊真是从波斯传来的么？那么你是一位远客了。

昆明的美人蕉皆极壮大，花也大，浓红如鲜血。红花绿叶，对比鲜明。我曾到郊区一中学去看一个朋友，未遇。学校已经放了暑假，一个人没有，安安静静的，校园的花圃里一大片美人蕉赫然地开着鲜红鲜红的大花。我感到一种特殊的，颜色强烈的寂寞。

## 叶子花

叶子花别处好像是叫作三角梅，昆明人就老是不客气地叫它叶子花，因为它的花瓣和叶子完全一样，只是长条的顶端的十几撮花的颜色是紫红的，而下边的叶子是深绿的。青莲街拐角有一家很大的公馆，围墙的墙头上种的都是叶子花。墙头上种花，少有。

## 报春花

我想查一查报春花的资料。家里只有一本《辞海》。我相信《辞海》里是不会收这一条的。报春花不是名花。但我还是抱着姑且查查看的心情翻开了《辞海》，不料竟有！

报春花……一年生草本。叶基生，长卵形，顶端圆钝，基部楔形或心形，边缘有不整齐缺裂，缺裂具细锯齿，上面被纤毛，下面有白粉或疏毛。秋季开花，花高脚碟状，红色或淡紫色，伞形花序2～4轮，蒴果球形。多生于荒野、田边。原产我国云南、贵州。各地栽培，供观赏。

不错，不错！就是它，就是它！难得是它把报春花描写得这样仔细。尤其使我欢喜的，是它告诉我云南是报春花的老家。

我在北京的一家花店里重遇报春花，栽在花盆里，标价一元一盆。我不禁笑了：这种东西也卖钱！我们在昆明市，到田边散步，一扯就是一大把！

一九八五年六月九日
载一九八六年第三期《滇池》

## 紫薇

唐朝人也不是都能认得紫薇花的。《韵语阳秋》卷第十六:"白乐天诗多说别花,如《紫薇花诗》云'除却微之见应爱,世间少有别花人'……今好事之家,有奇花多矣,所谓别花人,未之见也。鲍溶作《仙檀花诗》寄袁德师侍御,有'欲求御史更分别'之句,岂谓是邪?"这里所说的"别"是分辨的意思。白居易是能"别"紫薇花的,他写过至少三首关于紫薇的诗。

《韵语阳秋》云：

白乐天作中书舍人，入直西省，对紫薇花而有咏曰："丝纶阁下文章静，钟鼓楼中刻漏长。独坐黄昏谁是伴，紫薇花对紫薇郎。"后又云："紫薇花对紫薇翁，名目虽同貌不同，则此花之珍艳可知矣。"爪其本则枝叶俱动，俗谓之"不耐痒花"。自五月至九月尚烂熳，俗又谓之"百日红"。唐人赋咏，未有及此二事者。本朝梅圣俞时注意此花。一诗赠韩子华，则曰："薄肤痒不胜轻爪，嫩干生宜近禁庐。"一诗赠王景彝，则曰："薄薄嫩肤搔鸟爪，离离碎叶剪城霞。"然皆著不耐痒事，而未有及百日红者。胡文恭在西掖前亦有三诗，其一云："雅当翻药地，繁极曝衣天。"注云："花至七夕犹繁。"似有百日红之意，可见当时此花之盛。省吏相传，咸平中，李昌武自别墅移植于此。晏元献尝作赋题于省中，所谓"得自羊墅，来从召园，有昔日之绎老，无当时之仲文"是也。

对于年轻的读者，需要作一点解释，"紫薇花对紫薇郎"是什么意思。紫薇郎亦作紫微郎，唐代官名，即中书侍郎。《新唐书·百官志二》注："开元元年，改中书省曰紫薇省，中书令曰紫薇令。"白居易曾为中书侍郎，故自称紫薇郎。中书侍郎是要到宫里值班的，独自坐在办公室里，不免有些寂寞，但是这也不是一般人所能谋得到的差事，诗里又透出几分得意。"紫薇花对紫薇郎"，使人觉得有点罗曼蒂克，其实没有。不过你要是有一点罗曼蒂克的联想，也可以。石涛和尚画过一幅紫薇花，题的就是白居易的这首诗。紫薇颜色很娇，画面很美，更易使人产生这是一首情诗的错觉。

从《韵语阳秋》的记载，我们可以知道两件事。一是"爪其本则枝叶俱动"。紫薇的树干的外皮易脱落，露出里面的"嫩肤",嫩肤上留下外皮脱落后留下的一片一片的青色和白色的云斑。用指甲搔搔树干的嫩肤,确实是会枝叶俱动的。宋朝人叫它"不耐痒花",现在很多地方叫它"怕痒痒树"或"痒痒树"。这到底是什么道理,好像没有人解释过。二是花期甚长。这是夏天的花。胡文恭说它"繁极曝衣天",白居易说它"独占芳菲当夏景,不将颜色托春风"。但是它"花至七夕犹繁"。我甚至在飘着小雪的天气,还看见一棵紫薇依然开着仅有的一穗红花!

我家的后园有一棵紫薇。这棵紫薇有年头了,主干有茶杯口粗,高过屋檐。一到放暑假,它开起花来,真是"繁"得不得了。紫薇花是六瓣的,但是花瓣皱缩,瓣边还有很多不规则的缺刻,所以根本分不清它是几瓣,只是碎碎叨叨的一球,当中还射出许多花须、花蕊。一个枝子上有很多朵花。一棵树上有数不清的枝子。真是乱。乱红成阵。乱成一团。简直像一群幼儿园的孩子放开了又高又脆的小嗓子一起乱嚷嚷。在乱哄哄的繁花之间还有很多赶来凑热闹的黑蜂。这种蜂不是普通的蜜蜂，个儿很大，有指头顶那样大，黑的，就是齐白石爱画的那种。我到现在还叫不出这是什么蜂。这种大黑蜂分量很重。它一落在一朵花上，抱住了花须，这一穗花就叫它压得沉了下来。它起翅飞去，花穗才挣回原处，还得哆嗦两下。

大黑蜂不像马蜂那样会做窠。它们也不像马蜂一样的群居，是单个生活的。在人家房檐的椽子下面钻一个圆洞，这就是它的家。我常常看见一个大黑蜂飞回来了，一收翅膀，钻进圆洞，就赶紧用一根细细的帐竿竹子捅进圆洞，来回地拧，它就在洞里嗯嗯地叫。我把竹竿一拨，啪的一声，它就掉到了地上。我赶紧把它捉起来，放进一个玻璃瓶里，盖上盖——瓶盖上用洋钉凿了几个窟窿。瓶子里塞了好些紫薇花。大黑蜂没有受伤，它只是摔晕过去了。过了一会，它缓醒过来了，就在花瓣之间乱爬。大黑蜂生命力很强，能活几天。我老幻想它能在瓶里待熟了，放它出去，它再飞回来。可是不知什么时候，它仰面朝天，死了。

紫薇原产于中国中部和南部。白居易诗云"浔阳官舍双高树,兴善僧庭一大丛。何似苏州安置处,花堂栏下月明中",这些都是偏南的地方。但是北方很早就有了,如长安。北京过去也有,但很少(北京人多不识紫薇)。近年北京大量种植,到处都是。街心花园几乎都有。选择这种花木来美化城市环境是很有道理的,因为它花繁盛,颜色多(多为胭脂红,也有紫色和白色的),花期长,但是似乎生长得很慢。密云水库大坝下的通道两侧,隔不远就有一棵紫薇。我每年夏天要到密云开一次会,年年到坝下散步,都看到这些紫薇。看了四年,它们好像还是那样大。

比起北京雨后春笋一样耸立起来的高楼,北京的花木的生长就显得更慢。因此,对花木要倍加爱惜。

一九八七年二月二十一日
载一九八七年第六期《作家》

# 人间草木

## 山丹丹

我在大青山挖到一棵山丹丹。这棵山丹丹的花真多。招待我们的老堡垒户看了看,说:"这棵山丹丹有十三年了。"

"十三年?咋知道?"

"山丹丹长一年,多开一朵花。你看,十三朵。"

山丹丹记得自己的岁数。我本想把这棵山丹丹带回呼和浩特，想了想，找了把铁锹，把老堡垒户的开满了蓝色党参花的土台上刨了个坑，把这棵山丹丹种上了。问老堡垒户：

"能活？"

"能活。这东西，皮实。"

大青山到处是山丹丹，开七朵花、八朵花的，多的是。

  山丹丹花开花又落，

  一年又一年……

这支流行歌曲的作者未必知道，山丹丹过一年多开一朵花。唱歌的歌星就更不会知道了。

## 枸杞

枸杞到处都有。枸杞头是春天的野菜。采摘枸杞的嫩头，略焯过，切碎，与香干丁同拌，浇酱油醋香油；或入油锅爆炒，皆极清香。夏末秋初，开淡紫色小花，谁也不注意。随即结出小小的红色的卵形浆果，即枸杞子。我的家乡叫作狗奶子。

我在玉渊潭散步，在一个山包下的草丛里看见一对老夫妻弯着腰在找什么。他们一边走，一边搜索。走几步，停一停，弯腰。

"您二位找什么？"

"枸杞子。"

"有吗？"

老同志把手里一个罐头玻璃瓶举起来给我看，已经有半瓶了。

"不少！"

"不少！"

他解嘲似的哈哈笑了几声。

"您慢慢捡着！"

"慢慢捡着！"

看样子这对老夫妻是离休干部，穿得很整齐干净，气色很好。

他们捡枸杞子干什么？是配药？泡酒？看来都不完全是。真要是需要，可以托熟人从宁夏捎一点或寄一点来——听口音，老同志是西北人，那边肯定会有熟人。

他们捡枸杞子其实只是玩！一边走着，一边捡枸杞子，这比单纯的散步要有意思。这是两个童心未泯的老人，两个老孩子！

人老了，是得学会这样的生活。看来，这二位中年时也是很会生活，会从生活中寻找乐趣的。他们为人一定很好，很厚道。他们还一定不贪权势，甘于淡泊。夫妻间一定不会为柴米油盐、儿女婚嫁而吵嘴。

从钓鱼台到甘家口商场的路上，路西，有一家的门头上种了很大的一丛枸杞，秋天结了很多枸杞子，通红通红的，礼花似的，喷泉似的垂挂下来，一个珊瑚珠穿成的华盖，好看极了。这丛枸杞可以拿到花会上去展览。这家怎么会想起在门头上种一丛枸杞？

## 槐花

玉渊潭洋槐花盛开，像下了一场大雪，白得耀眼。来了放蜂的人。蜂箱都放好了，他的"家"也安顿了。一个刷了涂料的很厚的黑色的帆布棚子。里面打了两道土堰，上面架起几块木板，是床。床上一卷铺盖。地上排着油瓶、酱油瓶、醋瓶。一个白铁桶里已经有多半桶蜜。外面一个蜂窝煤炉子上坐着锅。一个女人在案板上切青蒜。锅开了，她往锅里下了一把干切面。不大会儿，面熟了，她把面捞在碗里，加了作料、撒上青蒜，在一个碗里舀了半勺豆瓣。一人一碗。她吃的是加了豆瓣的。

蜜蜂忙着采蜜，进进出出，飞满一天。

我跟养蜂人买过两次蜜，绕玉渊潭散步回来，经过他的棚子，大都要在他门前的树墩上坐一坐，抽一支烟，看他收蜜，刮蜡，跟他聊两句，彼此都熟了。

这是一个五十岁上下的中年人，高高瘦瘦的，身体像是不太好，他做事总是那么从容不迫，慢条斯理的。样子不像个农民，倒有点像一个农村小学校长。听口音，是石家庄一带的。他到过很多省。哪里有鲜花，就到哪里去。菜花开的地方，玫瑰花开的地方，苹果花开的地方，枣花开的地方。每年都到南方去过冬，广西、贵州。到了春暖，再往北翻。我问他是不是枣花蜜最好，他说是荆条花的蜜最好。这很出乎我的意外。荆条是个不起眼的东西，而且我从来没有见过荆条开花，想不到荆条花蜜却是最好的蜜。我想他每年收入应当不错。他说比一般农民要好一些，但是也落不下多少：蜂具，路费；而且每年要赔几十斤白糖——蜜蜂冬天不采蜜，得喂它糖。

女人显然是他的老婆。不过他们岁数相差太大了。他五十了，女人也就是三十出头。而且，她是四川人，说四川话。我问他："你们是怎么认识的？"他说：她是新繁县人。那年他到新繁放蜂，认识了。她说北方的大米好吃，就跟来了。

有那么简单？也许她看中了他的脾气好，喜欢这样安静平和的性格？也许她觉得这种放蜂生活，东南西北到处跑，好耍？这是一种农村式的浪漫主义。四川女孩子做事往往很洒脱，想咋个就咋个，不像北方女孩子有那么多考虑。他们结婚已经几年了。丈夫对她好，她对丈夫也很体贴。她觉得她的选择没有错，很满意，不后悔。我问养蜂人：她回去过没有？他说："回去过一次，一个人。"他让她带了两千块钱，她买了好些礼物送人，风风光光地回了一趟新繁。

一天，我没有看见女人，问养蜂人，她到哪里去了。养蜂人说："到我那大儿子家去了，去接我那大儿子的孩子。"他有个大儿子，在北京工作，在汽车修配厂当工人。

她抱回来一个四岁多的男孩，带着他在棚子里住了几天。她带他到甘家口商场买衣服，买鞋，买饼干，买冰糖葫芦。男孩子在床上玩鸡啄米，她靠着被窝用钩针给他钩一顶大红的毛线帽子。她很爱这个孩子。这种爱是完全非功利的，既不是讨丈夫的欢心，也不是为了和丈夫的儿子一家搞好关系。这是一颗很善良、很美的心。孩子叫她奶奶，奶奶笑了。

过了几天，她把孩子又送了回去。

过了两天，我去玉渊潭散步，养蜂人的棚子拆了，蜂箱集中在一起。等我散步回来，养蜂人的大儿子开来一辆卡车，把棚柱、木板、煤炉、锅碗和蜂箱装好，养蜂人两口子坐上车，卡车开走了。

玉渊潭的槐花落了。

载一九九〇年第三期《散文》

# 故乡的野菜

荠菜。荠菜是野菜,但在我的家乡却是可以上席的。我们那里,一般的酒席,开头都有八个凉碟,在客人入席前即已摆好。通常是火腿、变蛋(松花蛋)、风鸡、酱鸭、油爆虾(或呛虾)、蚶子(是从外面运来的,我们那里不产)、咸鸭蛋之类。若是春天,就会有两样应时凉拌小菜:杨花萝卜(即北京的小水萝卜)切细丝拌海蜇,和拌荠菜。荠菜焯过,碎切,和香干细丁同拌,加姜米,浇以麻油酱醋,或用虾米,或不用，均可。这道菜常抟成宝塔形，临吃推倒，拌匀。拌荠菜总是受欢迎的，吃个新鲜。凡野菜，都有一种园种的蔬菜所缺少的清香。

荠菜大都是凉拌，炒荠菜很少人吃。荠菜可包春卷，包圆子（汤团）。江南人用荠菜包馄饨，称为菜肉馄饨，亦称"大馄饨"。我们那里没有用荠菜包馄饨的。我们那里的面店中所卖的馄饨都是纯肉馅的馄饨，即江南所说的"小馄饨"。没有"大馄饨"。我在北京的一家有名的家庭餐馆吃过这一家的一道名菜：翡翠蛋羹。一个汤碗里一边是蛋羹，一边是荠菜，一边嫩黄，一边碧绿，绝不混淆，吃时搅在一起。这种讲究的吃法，我们家乡没有。

枸杞头。春天的早晨，尤其是下了一场小雨之后，就可听到叫卖枸杞头的声音。卖枸杞头的多是附郭近村的女孩子，声音很脆，极能传远："卖枸杞头来！"枸杞头放在一个竹篮子里，一种长圆形的竹篮，叫作元宝篮子。枸杞头带着雨水，女孩子的声音也带着雨水。枸杞头不值什么钱，也从不用秤约，给几个钱，她们就能把整篮子倒给你。女孩子也不把这当作正经买卖，卖一点钱，够打一瓶梳头油就行了。

自己去摘，也不费事。一会儿工夫，就能摘一堆。枸杞到处都是。我的小学的操场原是祭天地的空地，叫作"天地坛"。天地坛的四边围墙的墙根，长的都是这东西。枸杞夏天开小白花，秋天结很多小红果子，即枸杞子，我们小时候叫它"狗奶子"，因为很像狗的奶子。

枸杞头也都是凉拌，清香似尤甚于荠菜。

蒌蒿。小说《大淖记事》："春初水暖，沙洲上冒出很多紫红色的芦芽和灰绿色的蒌蒿，很快就是一片翠绿了。"我在书页下面加了一条注："蒌蒿是生于水边的野草，粗如笔管，有节，生狭长的小叶，初生二寸来高，叫作'蒌蒿薹子'，加肉炒食极清香……"蒌蒿，字典上都注"蒌"音楼，蒿之一种，即白蒿。我以为蒌蒿不是蒿之一种，蒌蒿掐断，没有那种蒿子气，倒是有一种水草气。苏东坡诗："蒌蒿满地芦芽短。"以蒌蒿与芦芽并举，证明是水边的植物，就是我的家乡所说"蒌蒿薹子"。"蒌"字我的家乡不读楼，读吕。蒌蒿好像都是和瘦猪肉同炒，素炒好像没有。我小时候非常爱吃炒蒌蒿薹子。桌上有一盘炒蒌蒿薹子，我就非常兴奋，胃口大开。蒌蒿薹子除了清香，还有就是很脆，嚼之有声。

荠菜、枸杞我在外地偶尔吃过，蒌蒿薹子自十九岁离乡后从未吃过，非常想念。去年我的家乡有人开了汽车到北京来办事，我的弟妹托他们带了一塑料袋蒌蒿薹子来，因为路上耽搁，到北京时已经捂坏了。我挑了一些还不太烂的，炒了一盘，还有那么一点意思。

马齿苋。中国古代吃马齿苋是很普遍的，马苋与人苋（即红白苋菜）并提。后来不知怎么吃的人少了。我的祖母每年夏天都要摘一些马齿苋，晾干了，过年包包子。我的家乡普通人家平常是不包包子的，只有过年才包，自己家里人吃，有客人来蒸一盘待客。不是家里人包的。一般的家庭妇女不会包，都是备了面、馅，请包子店里的师傅到家里做，做一上午，就够正月里吃了。我的祖母吃长斋，她的马齿苋包子只有她自己吃。我尝过一个，马齿苋有点酸酸的味道，不难吃，也不好吃。

马齿苋南北皆有。我在北京的甘家口住过，离玉渊潭很近，玉渊潭马齿苋极多。北京人叫作马苋儿菜，吃的人很少。养鸟的拔了喂画眉。据说画眉吃了能清火。画眉还会有"火"么？

莼菜。第一次喝莼菜汤是在杭州西湖的楼外楼，一九四八年四月。这以前我没有吃过莼菜，也没有见过。我的家乡人大都不知莼菜为何物。但是秦少游有《以莼姜法鱼糟蟹寄子瞻》诗，则高邮原来是有莼菜的。诗最后一句是"泽居备礼无麋鹿"，秦少游当时盖在高邮居住，送给苏东坡的是高邮的土产。高邮现在还有没有莼菜，什么时候回高邮，我得调查调查。

明朝的时候，我的家乡出过一个散曲作家王磐。王磐字鸿渐，号西楼，散曲作品有《王西楼乐府》。王磐当时名声很大，与散曲大家陈大声并称为"南曲之冠"。王西楼还是画家。高邮现在还有一句歇后语:"王西楼嫁女儿——画(话)多银子少。"王西楼有一本有点特别的著作:《野菜谱》。《野菜谱》收野菜五十二种。五十二种中有些我是认识的,如白鼓钉(蒲公英)、蒲儿根、马栏头、青蒿儿(即茵陈蒿)、枸杞头、野菉豆、蒌蒿、荠菜儿、马齿苋、灰条。江南人重马栏头。小时读周作人的《故乡的野菜》,提到儿歌:"荠菜马栏头,姐姐嫁在后门头。"很是向往,但是我的家乡是不大有人吃的。灰条的"条"字,正字应是"藋",通称灰菜。这东西我的家乡不吃。我第一次吃灰菜是在一个山东同学的家里,蘸了稀面,蒸熟,就烂蒜,别具滋味。后来在昆明黄土坡一中学教书,学校发不出薪水,我们时常断炊,就捋了灰菜来炒了吃。在北京我也摘过灰菜炒食。有一次发现钓鱼台国宾馆的墙外长了很多灰菜,极肥嫩,就弯下腰来摘了好些,装在书包里。门卫发现,走过来问:"你干什么?"他大概以为我在埋定时炸弹。我把书包里的灰菜抓出来给他看,他没有再说什么,走开了。灰菜有点碱味,我很喜欢这种味道。王西楼

《野菜谱》中有一些，我不但没有吃过，见过，连听都没听说过，如："燕子不来香""油灼灼"……

《野菜谱》上图下文。图画的是这种野菜的样子，文则简单地说这种野菜的生长季节，吃法。文后皆系以一诗，一首近似谣曲的小乐府，都是借题发挥，以野菜名起兴，写人民疾苦。如：

### 眼子菜

眼子菜，如张目，年年盼春怀布谷，犹向秋来望时熟。何事频年倦不开？愁看四野波漂屋。

### 猫耳朵

猫耳朵，听我歌，今年水患伤田禾，仓廪空虚鼠弃窝，猫兮猫兮将奈何！

### 江荠

江荠青青江水绿，江边挑菜女儿哭。

爷娘新死兄趁熟，止存我与妹看屋。

### 抱娘蒿

抱娘蒿，结根牢，解不散，如漆胶。
君不见昨朝儿卖客船上，儿抱娘哭不肯放。

这些诗的感情都很真挚，读之令人酸鼻。我的家乡本是个穷地方，灾荒很多，主要是水灾，家破人亡，卖儿卖女的事是常有的。我小时就见过。现在水利大有改进，去年那样的特大洪水，也没死一个人，王西楼所写的悲惨景象不复存在了。想到这一点，我为我的家乡感到欣慰。过去，我的家乡人吃野菜主要是为了度荒，现在吃野菜则是为了尝新了。喔，我的家乡的野菜！

一九九二年四月十四日<br>
载一九九二年第三期《钟山》

# 北京的秋花

## 桂花

桂花以多为胜。《红楼梦》薛蟠的老婆夏金桂家"单有几十顷地种桂花",人称"桂花夏家"。"几十顷地种桂花",真是一个大观!四川新都桂花甚多。杨升庵祠在桂湖,环湖植桂花,自山坡至水湄,层层叠叠,都是桂花。我到新都谒升庵祠,曾作诗:

> 桂湖老桂发新枝,
>
> 湖上升庵旧有祠。
>
> 一种风流谁得似,
>
> 状元词曲罪臣诗。

杨升庵是才子,以一甲一名中进士,著作有七十种。他因"议大礼"获罪,充军云南,七十余岁,客死于永昌。陈老莲曾画过他的像,"醉则簪花满头",面色酡红,是喝醉了的样子。从陈老莲的画像看,升庵是个高个儿的胖子。但陈老莲恐怕是凭想象画的,未必即像升庵。新都人为他在桂湖建祠,升庵死若有知,亦当欣慰。

北京桂花不多,且无大树。颐和园有几棵,没有什么人注意。我曾在藻鉴堂小住,楼道里有两棵桂花,是种在盆里的,不到一人高!

我建议北京多种一点桂花。桂花美荫,叶坚厚,入冬不凋。开花极香浓,干制可以做元宵馅、年糕。既有观赏价值,也有经济价值,何乐而不为呢?

## 菊花

秋季广交会上摆了很多盆菊花。广交会结束了，菊花还没有完全开残。有一个日本商人问管理人员："这些花你们打算怎么处理？"答云："扔了！"——"别扔，我买。"他给了一点钱，把开得还正盛的菊花全部包了，订了一架飞机，把菊花从广州空运到日本，张贴了很大的海报："中国菊展。"卖门票，参观的人很多。他捞了一大笔钱。这件事叫我有两点感想：一是日本商人真有商业头脑，任何赚钱的机会都不放过，我们的管理人员是老爷，到手的钱也抓不住；二是中国的菊花好，能得到日本人的赞赏。

中国人长于艺菊，不知始于何年，全国有几个城市的菊花都负盛名，如扬州、镇江、合肥，黄河以北，当以北京为最。

菊花品种甚多，在众多的花卉中也许是最多的。

首先，有各种颜色。最初的菊大概只有黄色的。"鞠有黄华""零落黄花满地金"，"黄华"和菊花是同义词。后来就发展到什么颜色都有了。黄色的、白色的、紫的、红的、粉的，都有。挪威的散文家别伦·别尔生说各种花里只有菊花有绿色的，也不尽然，牡丹、芍药、月季都有绿的，但像绿菊那样绿得像初新的嫩蚕豆那样，确乎是没有。我几年前回乡，在公园里看到一盆绿菊，花大盈尺。

其次，花瓣形状多样，有平瓣的、卷瓣的、管状瓣的。在镇江焦山见过一盆"十丈珠帘"，细长的管瓣下垂到地，说"十丈"当然不会，但三四尺是有的。

北京菊花和南方的差不多，狮子头、蟹爪、小鹅、金背大红……南北皆相似，有的连名字也相同。如一种浅红的瓣，极细而卷曲如一头乱发的，上海人叫它"懒梳妆"，北京人也叫它"懒梳妆"，因为得其神韵。

有些南方菊种北京少见。扬州人重"晓色"，谓其色如初日晓云，北京似没有。"十丈珠帘"，我在北京没见过。"枫叶芦花",紫平瓣,有白色斑点,也没有见过。

我在北京见过的最好的菊花是在老舍先生家里。老舍先生每年要请北京市文联、文化局的干部到他家聚聚,一次是腊月,老舍先生的生日(我记得是腊月二十三);一次是重阳节左右,赏菊。老舍先生的哥哥很会莳弄菊花。花很鲜艳;菜有北京特点(如芝麻酱炖黄花鱼、"盒子菜");酒"敞开供应",既醉既饱,至今不忘。

我不赞成搞菊山菊海,让菊花都按部就班,排排坐,或挤成一堆,闹闹嚷嚷。菊花还是得一棵一棵地看,一朵一朵地看。更不赞成把菊花缚扎成龙、成狮子,这简直是糟蹋了菊花。


## 秋葵·鸡冠·凤仙·秋海棠

秋葵我在北京没有见过,想来是有的。秋葵是很好种的，在篱落、石缝间随便丢几个种子，即可开花。或不烦人种，也能自己开落。花瓣大、花浅黄，淡得近乎没有颜色，瓣有细脉，瓣内侧近花心处有紫色斑。秋葵风致楚楚，自甘寂寞。不知道为什么，秋葵让我想起女道士。秋葵亦名鸡脚葵，以其叶似鸡爪。

我在家乡县委招待所见一大丛鸡冠花，高过人头，花大如扫地笤帚，颜色深得吓人一跳。北京鸡冠花未见有如此之粗野者。

凤仙花可染指甲，故又名指甲花。凤仙花捣烂，少入矾，敷于指尖，即以凤仙叶裹之，隔一夜，指甲即红。凤仙花茎可长得很粗，湖南人或以入臭坛腌渍，以佐粥，味似臭苋菜杆。

秋海棠北京甚多，齐白石喜画之。齐白石所画，花梗颇长，这在我家那里叫作"灵芝海棠"。诸花多为五瓣，惟秋海棠为四瓣。北京有银星海棠，大叶甚坚厚，上洒银星，杆亦高壮，简直近似木本。我对这种孙二娘似的海棠不大感兴趣。我所不忘的秋海棠总是伶仃瘦弱的。我的生母得了肺病，怕"过人"——传染别人，独自卧病，在一座偏房里，我们都叫那间小屋为"小房"。她不让人去看她，我的保姆要抱我去让她看看，她也不同意。因此我对我的母亲毫无印象。她死后，这间"小房"成了堆放她的嫁妆的储藏室，成年①锁着。我的继母偶尔打开，取一两件东西，我也跟了进去。"小房"外面有一个小天井，靠墙有一个秋叶形的小花坛，不知道是谁种了两三棵秋海棠，也没有人管它，它在秋天竟也开花。花色苍白，样子很可怜。不论在哪里，我每看到秋海棠，总要想起我的母亲。


## 黄栌·爬山虎

霜叶红于二月花。

---

① 成年：一年到头。

西山红叶是黄栌,不是枫树。我觉得不妨种一点枫树,这样颜色更丰富些。日本枫娇红可爱,可以引进。

近年北京种了很多爬山虎,入秋,爬山虎叶转红。

沿街的爬山虎红了。

北京的秋意浓了。

一九九六年中秋
载一九九六年十月二十八日《北京晚报》

# 草木春秋

## 木芙蓉

浙江永嘉多木芙蓉。市内一条街边有一棵,干粗如电线杆,高近二层楼,花多而大,他处少见。楠溪江边的村落,村外、路边的茶亭(永嘉多茶亭,供人休息、喝茶、聊天)檐下,到处可以看见芙蓉。芙蓉有一特别处,红白相间。初开白色,渐渐一边变红,终至整个的花都是桃红的。花期长,掩映于手掌大的浓绿的叶丛中，欣然有生意。

我曾向永嘉市[①]领导建议，以芙蓉为永嘉市花，市领导说永嘉已有市花，是茶花。后来听说温州选定茶花为温州市花，那么永嘉恐怕得让一让。永嘉让出茶花，永嘉市花当另选。那么，芙蓉被选中，还是有可能的。

永嘉为什么种那么多木芙蓉呢？问人，说是为了打草鞋。芙蓉的树皮很柔韧结实，剥下来撕成细条，打成草鞋，穿起来很舒服，且耐走长路，不易磨通。

现在穿树皮编的草鞋的人很少了，大家都穿塑料凉鞋、旅游鞋。但是到处都还在种木芙蓉，这是一种习惯。于是芙蓉就成了永嘉城乡一景。

## 南瓜子豆腐和皂角仁甜菜

在云南腾冲吃了一道很特别的菜。说豆腐脑不是

---

① 今为永嘉县，为温州下辖县。

豆腐脑,说鸡蛋羹不是鸡蛋羹。滑、嫩、鲜,色白而微微带点浅绿,入口清香。这是豆腐吗?是的,但是用鲜南瓜子去壳磨细"点"出来的。很好吃。中国人吃菜真能别出心裁,南瓜子做成豆腐,不知是什么朝代,哪一位美食家想出来的!

席间还有一道甜菜,冰糖皂角米。皂角我的家乡颇多。一般都用来泡水,洗脸洗头,代替肥皂。皂角仁蒸熟,妇女绣花,把绒在皂仁上"光"一下,绒不散,且光滑,便于入针。没有吃它的。到了昆明,才知道这东西可以吃。昆明过去有专卖蒸菜的饭馆,蒸鸡、蒸排骨,都放小笼里蒸,小笼垫底的是皂角仁,蒸得了晶莹透亮,嚼起来有韧劲,好吃。比用红薯、土豆衬底更有风味。但知道可以做甜菜,却是在腾冲。这东西很滑,进口略不停留,即入肠胃。我知道皂角仁的"物性",警告大家不可多吃。一位老兄吃得口爽,弄了一饭碗,几口就喝了。未及终席,他就奔赴厕所,飞流直下起来。

皂角仁卖得很贵,比莲子、桂圆、西米都贵,只有卖干果、山珍的大食品店才有得卖，普通的副食店里是买不到的。

近几年时兴"皂角洗发膏"，皂角恢复了原来的功能，这也算是"以故为新"吧。

## 车前子

车前子的样子很有趣。叶贴地而长，近卵形，有长柄。在自由伸向四面的叶丛中央抽出细长的花梗，顶端有穗形花序，直立着。穗不多，少的只有一穗。画家常画之为点缀。程十发即喜画。动画片中好像少不了它。不知道为什么，这东西有一种童话情趣。

车前子可利小便，这是很多农民都知道的。

张家口的山西梆子剧团有一个唱"红"（老生）的演员，经常在几县的"堡"（张家口人称镇为"堡"）演唱，不受欢迎，农民给他起了个外号："车前子"。怎么给他起了这么个外号呢？因为他一出台，农民观众即纷纷起身上厕所,这位"红"利小便。

这位唱"红"的唱得起劲,观众就大声喊叫:"快去,快,赶紧拿咸菜!"这又是怎么回事呢?吃白薯吃得太多了,烧心反胃,嚼一块咸菜就好了。这位演员的嗓音叫人听起来烧心。

农民有时是很幽默的。

搞艺术的人千万不能当"车前子",不能叫人烧心反胃。


## 紫穗槐

……我曾经被发到西山种树。在石多土少的山头用镢头刨坑。实际上是在石头上硬凿出一个一个的树坑来,再把凿碎的砂石填入,用九齿耙耧平。山上寸土寸金,树坑就山势而凿,大小形状不拘。这是个非常重的活……

一早,就上山,带两个干馒头、一块大腌萝卜。

顿顿吃大腌萝卜,这不是个事。已经是秋天了,山上的酸枣熟了,我们摘酸枣吃。草里有蝈蝈,烧蝈蝈吃!蝈蝈得是三尾的,腹大,多子。一会儿就能捉半土筐。点一把火,把蝈蝈往火里一倒,哔哔剥剥,熟了。咬一口大腌萝卜,嚼半个烧蝈蝈,就馒头,香啊。人不管走到哪一步,总得找点乐子,想一点办法,老是愁眉苦脸的,干吗呢!

我们刨了坑,放着,当时不种,得到明年开了春,再种。据说要种的是紫穗槐。

紫穗槐我认识,枝叶近似槐树,抽条甚长,初夏开紫花,花似紫藤而颜色较紫藤深,花穗较小,瓣亦稍小。风摇紫穗,姗姗可爱。

紫穗槐的枝叶皆可为饲料,牲口爱吃,上膘。条可编筐。

刨了约二十多天树坑,我就告别西山八大处回原单位等候处理,从此再也没有上过山。不知道我们刨的那些坑里种上紫穗槐了没有。再见,紫穗槐!再见,大腌萝卜!再见,蝈蝈!

## 阿格头子灰背青

敕勒川，
阴山下。
天似穹庐，
笼盖四野。
天苍苍，
野茫茫，
风吹草低见牛羊。

北齐斛律金这首用鲜卑语唱的歌公认是北朝乐府的杰作，写草原诗的压卷之作，苍茫雄浑，前无古人，后无来者。一千多年以来，不知道有多少"南人"，都从"风吹草低见牛羊"一句诗里感受到草原景色，向往不置。

但是这句诗有夸张成分，是想象之词。真到草原去，是看不到这样的景色的。我曾四下内蒙古，到过呼伦贝尔草原、达茂旗的草原、伊克昭盟①的草原，还到过新疆的唐巴拉牧场，都不曾见过"风吹草低见牛羊"。张家口坝上沽源的草原的草，倒是比较高，但也藏不住牛羊。论好看，要数沽源的草原好看。草很整齐，叶细长，好像梳过一样，风吹过，起伏摇摆如碧浪。这种草是什么草？问之当地人，说是"碱草"，我怀疑这可能是"草菅人命"的"菅"。"碱草"的营养价值不是很高。

营养价值高的牧草有阿格头子、灰背青。

陪同我们的老曹唱他的爬山调：

阿格头子灰背青，
四十五天到新城。

他说灰背青叶子青绿而背面是灰色的。"阿格头

---

① 伊克昭盟：即如今的内蒙古自治区鄂尔多斯市。

子"是蒙古话。他拔起两把草叫我们看，且问一个牧民：

"这是阿格头子吗？"

"阿格！阿格！"

这两种草都不高，也就三四寸，几乎是贴地而长。叶片肥厚而多汁。

"阿格头子灰背青，四十五天到新城。"老曹年轻时拉过骆驼，从呼和浩特驮货到新疆新城，一趟得走四十五天。那么来回就得三个月。在多见牛羊少见人的大草原上拉着骆驼一步一步地走，这滋味真难以想象。

老曹是个有趣的人。他的生活知识非常丰富，大青山的药材、草原上的草，他没有不认识的。他知道很多故事，很会说故事。单是狼，他就能说一整天。都是实在经验过的，并非道听途说。狼怎样逗小羊玩，小羊高了兴，跳起来，过了圈羊的荆笆，狼一口就把小羊叼走了；狼会出痘，老狼把出痘了的小狼用沙埋起来，只露出几个小脑袋；有一个小号兵掏了三只小狼羔子，带着走，母狼每晚上跟着部队，哭，后来怕暴露部队目标，队长说服小号兵把小狼放了……老曹好说，能吃，善饮，喜交游。他在大青山打过游击，山里的堡垒户都跟他很熟，我们的吉普车上下山，他常在路口叫司机停一下，找熟人聊两句，帮他们买拖拉机，解决孩子入学……我们后来拜访了布赫同志，提起老曹，布赫同志说："他是个红火人。""红火人"这样的说法，我在别处没有听见过。但是用之于老曹身上，很合适。

老曹后来在呼市负责林业工作。他曾到大兴安岭调查，购买树种，吃过狍鼻子（他说狍鼻子黏性极大，吃下一块，上下牙粘在一起，得使劲张嘴，才能张开。他做了一个当时使劲张嘴的样子，很滑稽）、飞龙。他负责林业时主要的业绩是在大青山山脚至市中心的大路两侧种了杨树，长得很整齐健旺。但是他最喜爱的是紫穗槐，是个紫穗槐迷，到处宣传紫穗槐的好处。

……

## 花和金鱼

从东珠市口经三里河、河舶厂,过马路一直往东,是一条横街。这是北京的一条老街了。也说不上有什么特点,只是有那么一种老北京的味儿。有些店铺是别的街上没有的。有一个每天卖豆汁儿的摊子,卖焦圈儿、马蹄烧饼,水疙瘩丝切得细得像头发。这一带的居民好像特别爱喝豆汁儿,每天晌午,有一个人推车来卖,车上搁一个可容一担水的木桶,木桶里有多半桶豆汁儿。也不吆喝,到时候就来了,老太太们准备好了坛坛罐罐等着。马路东有一家卖鞭哨、皮条、纲绳等骡车马车上用的各种配件。北京现在大车少了,来买的多是河北人。看了店堂里挂着的挺老长的白色的皮条、两股坚挺的竹子拧成的鞭哨,叫人有点说不出来的感动。有一家铺子在一个高台阶上,门外有一块小匾,写着"惜阴斋"。这是卖什么的呢?

我特意上了台阶走进去看了看：是专卖老式木壳自鸣钟、怀表的，兼营擦洗钟表油泥、修配发条、油丝。"惜阴"用之于钟表店，挺有意思，不知是哪位一方名士给写的匾。有一个茶叶店，也有一块匾："今雨茶庄"（好几个人问过我这是什么意思）。其实这是一家夫妻店，什么"茶庄"！

两口子，有五十好几了，经营了这么个"茶庄"。他们每天的生活极其清简。大妈早起撅炉子、生火、坐水、出去买菜。老爷子扫地，擦拭柜台，端正盆花金鱼。老两口都爱养花、养鱼。鱼是龙睛，两条大红的，两条蓝的（他们不爱什么红帽子、绒球……）。鱼缸不大，飘着苲草。花四季更换。夏天，茉莉、珠兰（熟人来买茶叶，掌柜的会摘几朵鲜茉莉花或一小串珠兰和茶叶包在一起）；秋天，九花（老北京人管菊花叫"九花"）；冬天，水仙、天竺果。我买茶叶都到"今雨茶庄"买，近。我住河舶厂，出胡同口就是。我每次买茶叶，总爱跟掌柜的聊聊，看看他的花。花并不名贵，但养得很有精神。他说："我不瞧戏，不看电影,就是这点爱好。"
……

　　　　　　　　一九九六年十月二十八日
　　　　　　　载一九九七年第一期《收获》

# 花

## 荷花

我们家每年要种两缸荷花,种荷花的藕不是吃的藕,要瘦得多,节间也长,颜色黄褐,叫作"藕秧子"。在缸底铺一层马粪,厚约半尺,把藕秧子盘在马粪上,倒进多半缸河泥,晒几天,到河泥坼裂有缝,倒两担水,将平缸沿。过个把星期,就有小荷叶嘴冒出来。过几天荷叶长大了,冒出花骨朵了。荷花开了，露出嫩黄的小莲蓬，很多很多花蕊。清香清香的。荷花好像说："我开了。"

荷花到晚上要收朵。轻轻地合成一个大骨朵。第二天一早，又放开。荷花收了朵，就该吃晚饭了。

下雨了。雨打在荷叶上啪啪地响。雨停了，荷叶面上的雨水水银似的摇晃。一阵大风，荷叶倾侧，雨水流泻下来。

荷叶的叶面为什么不沾水呢？

荷叶粥和荷叶粉蒸肉都很好吃。

荷叶枯了。

下大雪，荷叶缸中落满了雪。


## 报春花·勿忘我

昆明报春花到处都有。圆圆的小叶子，柔软的细梗子，淡淡的紫红色的成簇的小花，田埂的两侧开得满满的，谁也不把它当作"花"。连根挖起来，种在浅盆里，能活。这就是翻译小说里常常提到的樱草。

偶然在北京的花店里看到十多盆报春花，种在青花盆里，标价相当贵，不禁失笑。昆明人如果看到，会说："这也卖？"

Forget-me-not——勿忘我，名字很有诗意，花实在并不好看。草本，矮棵，几乎是贴地而生的。抽条颇多，一丛一丛的。灰绿色的布做的似的皱皱的叶子。花甚小，附茎而开，颜色正蓝。蓝色很正，就像国画颜色中的"三蓝"。花里头像这样纯正的蓝色的还很少见——一般蓝色的花都带点紫。

为什么西方人把这种花叫作 forget-me-not 呢？是不是思念是蓝色的。

昆明人不管它什么勿忘我，什么 forget-me-not，叫它"狗屎花"！

这叫西方的诗人知道，将谓大煞风景。

## 绣球

绣球，周天民编绘的《花卉画谱》上说：

> 绣球，虎儿草科，落叶灌木，高达一、二丈，干皮带皱。叶大椭圆形，边缘有锯齿。春月开花，百朵成簇，如球状而肥大。小花五出深裂，瓣端圆，有短柄，其色有淡紫、红、白。百株成簇，俨如玉屏。

我始终没有分清绣球花的小花到底是几瓣，只觉得是分不清瓣的一个大花球。我偶尔画绣球，也是以意为之地画了很多簇在一起的花瓣，哪一瓣属于哪一朵小花，不管它！

绣球花是很好养的，不需要施肥，也不要浇水，不用修枝，也不长虫，到时候就开出一球一球很大的花，白得像雪，非常灿烂。这花是不耐细看的，只是赫然地在你眼前轻轻摇晃。

我以前看过的绣球都是白的。

我有个堂房的小姑妈——她比我才大一岁。绣球花开的时候，她就折了几大球，插在一个白瓷瓶里，她在花下面写小字。

她是订过婚的。

听说她婚后的生活很不幸，我那位姑父竟至动手打她。

前年听说，她还在，胖得不得了。

绣球花云南叫作"粉团花"。民歌里有用粉团花来形容女郎长得好看的。用粉团花来形容女孩子，别处的民歌似还没有见过。

我看过的最好的绣球是在泰山。泰山人养绣球是一种风气。一个茶馆的院子里的石凳上放着十来盆绣球，开得极好。盆面一层厚厚的喝剩的茶叶。是不是绣球宜浇残茶？泰山盆栽的绣球花头较小，花瓣较厚，瓣作豆绿色。这样的绣球是可以细看的。

## 杜鹃花

淡淡的三月天,
杜鹃花开在山坡上,
杜鹃花开在小溪旁,
多美丽哦。
乡村家的小姑娘,
乡村家的小姑娘。

这是抗日战争期间昆明的小学生很爱唱的一首歌。董林肯词,徐守廉曲。这是一首曲调明快的抒情歌,很好听。不单小学生爱唱,中学生也爱唱,大学生也有爱唱的,因为一听就记住了。

董林肯和徐守廉是同济大学的学生,原来都是育才中学毕业的。育才中学是全面培养学生才能的,而且是实行天才教育的学校。学生多半有艺术修养。董林肯、徐守廉都是学工的（同济大学是工科大学），但都对艺术有很虔诚的兴趣，因此能写词谱曲。

我是怎么认识他们俩的呢？因为董林肯主办了班台莱耶夫的《表》的演出，约我去给演员化妆，我到同济大学的宿舍里去见他们，认识了。那时在昆明，只要有艺术上的共同爱好，有人一介绍，就会熟起来的。

董林肯为什么要主持《表》的演出？我想是由于在昆明当时没有给孩子看的戏。他组织这次演出是很辛苦的，而且演戏总有些叫人头疼的事，但是还是坚持了下来。他不图什么，只是因为有一颗班台莱耶夫一样的爱孩子的心。

我记得这个戏的导演是劳元干。演员里我记得演监狱看守的是刺杀孙传芳的施剑翘的弟弟，他叫施什么我已经忘记了。他是个身材魁梧的胖子。我管化妆，主要是给他贴一个大仁丹胡子。有当时有中国秀兰·邓波儿之称的小明星，长大后曾参与搜集整理《阿诗玛》，现在写小说、散文的女作家刘绮。有一次，不知为什么，剧团内部闹了意见，戏几乎开不了场，刘绮在后台大哭。刘绮一哭，事情就解决了。

刘绮，有这回事么？

前几年我重到昆明，见到刘绮。她还能看出一点小时候的模样。不过，听说已经当了奶奶了。

不知道为什么，我有时还会想起董林肯和徐守廉。我觉得这是两个对艺术的态度极其纯真，像我前面所说的，虔诚的人。他们身上没有一点明星气、流氓气。这是两个通身都是书卷气的搞艺术的人。

    淡淡的三月天，
    杜鹃花开在山坡上，
    杜鹃花开在小溪旁……


## 木香花

我的舅舅家有一架木香花。木香花开，我们就揪下几撮——木香柄长，似海棠，梗带着枝，一揪，可揪下一撮，养在浅口瓶里，可经数日。

木香亦称"锦栅儿"，枝条甚长。从运河的御码头上船，到快近车逻，有一段，两岸全是木香，枝条伸向河上，搭成了一个长约一里的花棚。小轮船从花棚下开过，如同仙境。

前几年我回故乡一次，说起这一段运河两岸的木香花棚，谁也不知道。我有点怀疑：我是不是做梦？

昆明木香花极多。观音寺南面，有一道水渠，渠的两沿，密密地长了木香。

我和朱德熙曾于大雨少歇之际，到莲花池闲步。雨下起来了，我们赶快到一个小酒馆避雨。要了两杯市酒（昆明的绿陶高杯，可容三两），一碟猪头肉，坐了很久。连日下雨，墙脚积苔甚厚。檐下的几只鸡都缩着一脚站着。天井里有很大的一棚木香花，把整个天井都盖满了。木香的花、叶、花骨朵，都被雨水湿透，都极肥壮。

四十年后，我写了一首诗，用一张毛边纸写成一个斗方，寄给德熙：

莲花池外少行人，

野店苔痕一寸深。

浊酒一杯天过午，

木香花湿雨沉沉。

德熙很喜欢这幅字，叫他的儿子托了托，配一个框子，挂在他的书房里。

德熙在美国病逝快半年了，这幅字还挂在他在北京的书房里。

一九九三年一月二十九日<br>载一九九三年第四期《收获》

# 淡淡秋光

## 秋葵·凤仙花·秋海棠

秋葵叶似鸡脚，又名鸡脚葵、鸡爪葵。花淡黄色，淡若无质。花瓣内侧近蒂处有檀色晕斑。花心浅白，柱头深紫。秋葵不是名花，然而风致楚楚。古人诗说秋葵似女道士，我觉得很像，虽然我从未见过一个女道士。

凤仙花有单瓣、复瓣。单瓣者多为水红色。复瓣者为深红、浅红、白色。复瓣者花似小牡丹，只是看不见花蕊。花谢，结小房如玉搔头。凤仙花极易活，子熟，花房裂破，子实落在泥土、砖缝里，第二年就会长出一棵一棵的凤仙花，不烦栽种。凤仙花可染指甲。凤仙花捣烂，少加矾，用花叶包于指尖，历一夜，第二天指甲就成了浅浅的红颜色。北京人即谓凤仙为"指甲花"。现在大概没有用凤仙花染指甲的了，除非偏远山区的女孩子。

我们那里的秋海棠只有一种，矮矮的草本，开浅红色四瓣的花，中缀黄色的花蕊如小绒球。像北京的银星海棠那样硬杆、大叶、繁花的品种是没有的。

我母亲生肺病后（那年我才三岁）移居在一小屋中，与家人隔离。她死后，这间小屋就成了堆放她生前所用家具什物的贮藏室。有时需要取用一件什么东西，我的继母就打开这间小屋，我也跟着进去看过。这间小屋外面有一小天井，靠墙有一个秋叶形的小花坛。花坛里开着一丛秋海棠。也没有人管它，它自开自落。我母亲没有给我留下什么记忆。我记得的只有两件事。一件是我父亲陪母亲乘船到淮安去就医,把我带在身边。船篷里挂了好些船家自腌的大头菜(盐腌的,白色,有点像南浔大头菜,不像云南的"黑芥"),我一直记着这大头菜的气味。另一件便是这丛秋海棠。我记住这丛秋海棠的时候,我母亲去世已经有两三年了。我并没有感伤情绪,不过看见这丛秋海棠,总会想到母亲去世前是住在这里的。

## 香橼·木瓜·佛手

我家的"花园"里实在没有多少花。花园里有一座"土山"。这"土山"不知是怎么形成的,是一座长长的隆起的土丘。"山"上只有一棵龙爪槐,旁枝横出,可以倚卧。我常常带了一块带筋的酱牛肉或一块榨菜,半躺在横枝上看小说,读唐诗。"山"的东麓有两棵碧桃,一红一白,春末开花极繁盛。"山"的正面却种了四棵香橼。我不知道我的祖父在开园堆山时为什么要栽了这样几棵树。这玩意就是"橘逾淮南则为枳"的枳（其实这是不对的，橘与枳自是两种）。这是很结实的树。木质坚硬，树皮紧细光滑。叶片经冬不凋，深绿色。树枝有硬刺。春天开白色的花。花后结圆球形的果，秋后成熟。香橼不能吃，瓤极酸涩，很香，不过香得不好闻。凡花果之属有香气者，总要带点甜味才好，香橼的香气里却带有苦味。香橼很肯结，树上累累的都是深绿色的果子。香橼算是我家的"特产"，可以摘了送人。但似乎不受欢迎。没有什么用处，只好听它自己碧绿地垂在枝头。到了冬天，皮色变黄了，放在盘子里，摆在水仙花旁边，也还有点意思，其时已近春节了。总之，香橼不是什么佳果。

香橼皮晒干，切片，就是中药里的枳壳。

花园里有一棵木瓜，不过不大结。我们所玩的木瓜都是从水果摊上买来的。所谓"玩"，就是放在衣口袋里，不时取出来，凑在鼻子跟前闻闻——那得是较小的，没有人在口袋里揣一个茶叶罐大小的木瓜的。木瓜香味很好闻。屋子里放几个木瓜，一屋子随时都是香的，使人心情恬静。

我们那里木瓜是不吃的。这东西那么硬，怎么吃呢？华南切为小薄片，制为蜜饯——厦门人是什么都可以做蜜饯的，加了很多味道奇怪的药料。昆明水果店将木瓜切为大片，泡在大玻璃缸里。有人要买，随时用筷子夹出两片。很嫩，很脆，很香。泡木瓜的水里不知加了什么，否则这木头一样的瓜怎么会变得如此脆嫩呢？中国人从前是吃木瓜的。《东京梦华录》载"木瓜水"，这大概是一种饮料。

佛手的香味也很好。不过我真不知道一个水果为什么要长得这么奇形怪状！佛手颜色嫩黄可爱。《红楼梦》贾母提到一个蜜蜡佛手，蜜蜡雕为佛手，颜色、质感都近似，设计这件摆设的工匠是个聪明人。蜜蜡不是很珍贵的玉料，但是能够雕成一个佛手那样大的蜜蜡却少见，贾府真是富贵人家。

佛手、木瓜皆可泡酒。佛手酒微有黄色，木瓜酒却是红色的。

## 橡栗

橡栗即"狙公赋茅"的茅,不知道为什么我们小时候却叫它"茅栗子"。这是"形近而讹"么?不过我小时候根本不认得这个"茅"字。橡即栎。我们也不认得"栎"字,只是叫它"茅栗子树"。我们那里茅栗子树极少,只有西门外小校场的西边有一棵,很大。到了秋天,茅栗子熟了,落在地下,我们就去捡茅栗子玩。茅栗有什么好玩的?形状挺有趣,有一点像一个小坛子,不过底是尖的。皮色浅黄,很光滑。如此而已。我们有时在它的像个小盖子似的蒂部扎一个小窟窿,插进半截火柴棍,成了一个"捻捻转"。用手一捻,它就在桌面上旋转,像一个小陀螺。如此而已。

小校场是很偏僻的地方,附近没有什么人家。有一回,我和几个女同学去捡茅栗子,天黑下来了,我们忽然有些害怕,就赶紧往城里走。路过一家孤零零的人家门外,门前站着一个岁数不大的人,说:"你们要茅栗子么?我家里有!"我们立刻感到:这是个坏人。我们没有搭理他,只是加快了脚步,拼命地走。我是同学里的唯一的男子汉,便像一个勇士似的走在最后。到了城门口,发现这个坏人没有跟上来,才松了一口气。当时的紧张心情,我过了很多年还记得。

## 梧桐

一叶落而知天下秋,梧桐是秋的信使。梧桐叶大,易受风。叶柄甚长,叶柄与树枝连接不很结实,好像是粘上去的。风一吹,树叶极易脱落。立秋那天,梧桐树本来好好的,碧绿碧绿,忽然一阵小风,欻的一声,飘下一片叶子,无事的诗人吃了一惊:啊!秋天了!其实只是桐叶易落,并不是对于时序有特别敏感的"物性"。梧桐落叶早,但不是很快就落尽。《唐明皇秋夜梧桐雨》证明秋后梧桐还是有叶子的，否则雨落在光秃秃的枝干上，不会发出使多情的皇帝伤感的声音。据我的印象，梧桐大批地落叶，已是深秋，树叶已干，梧桐籽已熟。往往是一夜大风，第二天起来一看，满地桐叶，树上一片也不剩了。

梧桐籽炒食极香，极酥脆，只是太小了。

我的小学校园中有几棵大梧桐，大风之后，我们就争着捡梧桐叶。我们要的不是叶片，而是叶柄。梧桐叶柄末端稍稍鼓起，如一小马蹄。这个小马蹄纤维很粗，可以磨墨。所谓"磨墨"，其实是在砚台上注了水，用粗纤维的叶柄来回磨蹭，把砚台上干硬的宿墨磨化了，可以写字了而已。不过我们都很喜欢用梧桐叶柄来磨墨，好像这样磨出的墨写出字来特别的好。一到梧桐落叶那几天，我们的书包里都有许多梧桐叶柄，好像这是什么宝贝。对于这样毫不值钱的东西的珍视，是可以不当一回事的么？不啊！这里凝聚着我们对于时序的感情。这是"俺们的秋天"。

一九八八年十一月九日<br>
载一九八九年第一期《散文世界》

# 菌小谱

南方的很多地方把冬菇叫香蕈（xùn）。长江以北似不产冬菇。

我小时候常随祖母到观音庵去。祖母吃长斋，杀生日都在庵中过。素席上总有一道菜：香蕈饺子。香蕈汤一大碗先上桌，素馅饺子油炸至酥脆，倾入汤，刺啦一声，香蕈香气四溢，味殊不恶。这种做法近似口蘑锅巴，只是口蘑锅巴的汤是荤汤。香蕈饺子如用荤汤，当更味重，但饺子似宜仍用素馅，取其有蔬笋气,不压冬菇香味。

冬菇当以凉水发,方能保持香气。如以热水发,味减。

冬菇干制,可以致远。吃过鲜冬菇的人不多。我在井冈山吃过,大井山上有一个五保户老妈妈,生产队特批她砍倒一棵椴树生冬菇。冬菇源源不绝地生长。房东老邹隔两三天就为我们去买半篮。以茶油炒,鲜嫩腴美,不可名状。或以少许腊肉同炒,更香。鲜菇之外,青菜汤一碗,辣腐乳一小碟。红米饭三碗,顷刻下肚,意犹未足。

我在昆明住过七年,离开已四十年,不忘昆明的菌子。

雨季一到,诸菌皆出,空气里一片菌子气味。无论贫富,都能吃到菌子。

常见的是牛肝菌、青头菌。牛肝菌菌盖正面色如牛肝。其特点是背面无菌折,是平的,只有无数小孔,因此菌肉很厚,可切成片,宜于炒食。入口滑细,极鲜,炒牛肝菌要加大量蒜薄片,否则吃了会头晕。菌香、蒜香扑鼻,直入脏腑。牛肝菌价极廉,青头菌稍贵。青头菌菌盖正面微带苍绿色,菌折雪白,烩或炒,宜放盐,用酱油颜色就不好看了。或以为青头菌格韵较高,但也有人偏嗜牛肝菌,以其滋味较为强烈浓厚。

最名贵是鸡㙡,鸡㙡之名甚奇怪。"㙡"字别处少见。为什么叫"鸡㙡",众说不一。这东西生长地方也奇怪,生在田野间的白蚁窝上。为什么专长在白蚁窝上,这道理连专家也没弄明白。鸡㙡菌菌盖小而菌把粗长,吃的主要便是形似鸡大腿的菌把。鸡㙡是菌中之王。味道如何?真难比方。可以说这是植物鸡。味正似当年的肥母鸡,但鸡肉粗而菌肉细腻,且鸡肉无此特殊的菌子香气。昆明甬道街有一家不大的云南馆子,制鸡㙡极有名。

菌子里味道最深刻(请恕我用了这样一个怪字眼)、样子最难看的,是干巴菌。这东西像一个被踩破的马蜂窝,颜色如半干牛粪,乱七八糟,当中还夹杂了许多松毛、草茎，择起来很费事。择出来也没有大片，只是螃蟹小腿肉粗细的丝丝。洗净后，与肥瘦相间的猪肉、青辣椒同炒，入口细嚼，半天说不出话来。干巴菌是菌子，但有陈年宣威火腿香味、宁波油浸糟白鱼鲞①香味、苏州风鸡香味、南京鸭胗肝香味，且杂有松毛清香气味。干巴菌晾干，加辣椒同腌，可以久藏，味与鲜时无异。

样子最好看的是鸡油菌。个个正圆，银圆大，嫩黄色，但据说不好吃。干巴菌和鸡油菌，一个中吃不中看，一个中看不中吃！

未有人工培养的"洋蘑菇"之前，北京菜市偶尔有鲜蘑卖，是野生的，大概是柳蘑。肉片烩鲜蘑是一道时菜。五芳斋（旧在东安市场内）烩鲜蘑制作精细，无土腥气。但柳蘑没有多大吃头，只是吃个新鲜而已。

---

① 鲞：xiǎng，剖开后晾干的鱼。

口蘑不像冬菇一样可以人工种植。口蘑生长的秘密，好像到现在还没有揭开。口蘑长在草原上。很怪，只长在"蘑菇圈"上。草原上往往有一个相当大的圆圈，正圆，圈上的草长得特别绿，绿得发黑，这就是蘑菇圈。九月间，雨晴之后，天气潮闷，这是出蘑菇的时候。远远一看，蘑菇圈是固定的。今年这里出蘑菇，明年还出。蘑菇圈的成因，谁也说不明白。有人说这地方曾扎过蒙古包，蒙古人把吃剩的羊骨头、羊肉汤倒在蒙古包的周围，这一圈土特别肥沃，故草色浓绿，长蘑菇。这是想当然耳。有人曾挖取蘑菇圈的土，移之室内，布入口蘑菌丝，希望获得人工驯化的口蘑，没有成功。

口蘑品类颇多。我曾在张家口沙岭子农业科学研究所画过一套《口蘑图谱》，皆以实物置之案前摹写（口蘑颜色差别不大，皆为灰白色，只是形体有异，只需用钢笔蘸炭黑墨水描摹即可，不着色，亦为考虑印制方便故），自信对口蘑略有认识。口蘑主要的品种有：

黑蘑。菌折棕黑色，此为最常见者。菌行称之为"黑片蘑"，价贱，但口蘑味仍甚浓。北京涮羊肉锅子中、浇豆腐脑的羊肉卤中及"炸丸子开锅"的铜锅里，所放的都是黑片蘑。"炸丸子开锅"所放的只是口蘑渣，无整只者。

白蘑。白蘑较小（黑蘑有大如碗口的），菌盖、菌折都是白色。白蘑味极鲜。我曾在沽源采到一枚白蘑做了一大碗汤，全家人喝了，都说比鸡汤还鲜——那是"三年困难"时期，若是现在，恐怕就不能那样香美了。

鸡腿子。菌把粗长，近根部鼓起，状如鸡腿。

青腿子。形状似鸡腿子，但微绿——干制后亦是灰白色，几与鸡腿子无异。

鸡腿子、青腿子很少见，即张家口口蘑庄号中也不易买到。

此外还有"庙自生""蘑菇丁"……那都是商号巧立名目，其实不是特别的品种。

口蘑采得，即须穿线晾干，否则极易生蛆。口蘑干制后方有香味。我吃过自采的鲜口蘑，一点也不香，这也很奇怪。发口蘑当用开水。至少须发一夜。口蘑发涨后，将水滗出，这就是口蘑汤。口蘑菌折中有沙，不可用手搓洗。以手搓，则沙永远不能清除，吃起来会牙碜。只能把发过的口蘑放入大碗中，满注清水，用筷子像打鸡蛋似的反复打。泥沙沉底后，换水再打。大约得换三四次水，打上千下，至碗内不复再有泥沙后，再用手指抠去泥根。

口蘑宜重荤大油（制素什锦一般只用香菇，少有用口蘑者）。《老残游记》提到口蘑炖鸭，自是佳品。我曾在沽源吃过口蘑羊肉哨（臊）子（"哨"字我始终不知该怎么写）蘸莜面，三者相得益彰，为平生难忘的一次口福。在呼和浩特一家饭馆吃过一盘炒口蘑，极滑润，油皆透入口蘑片中，盖以慢火炒成，虽名为炒，实是油焖。即口蘑煨南豆腐，亦须荤汤，方出味。

湖南极重菌油。秋凉时，长沙饭馆多卖菌油豆腐、菌油面，味道很好，但不知是何种菌耳。

中国种植"洋蘑菇"的历史不久。最初引进的是平蘑，即圆蘑菇。这东西种起来也很简单，但要花一笔"基本建设"的钱。马粪、铡细的稻草，拌匀，即为培养基土，装入无盖的木箱中，布入菌丝，一箱一箱逐层置在木架上，用不了几天，就会出蘑。平蘑在室内栽培，露地不能生长。室内须保持一定的湿度和温度。平蘑生长甚快。我在沙岭子农科所画口蘑谱，在蘑菇房外面的一间小办公室里。我在外面画，它在里面长。我画完一张，进去看看，每只木箱中都已经长出白白的一层蘑菇。平蘑一茬接一茬，每天可采。

春节加菜：新采未开伞的平蘑切成薄片，加大量蒜黄、瘦猪肉同炒，一大盘，很解馋。平蘑片炒蒜黄，各种菜谱皆未载。这种搭配是很好的。平蘑要现采的，罐头平蘑不中吃。

北京近年菜市上平蘑少，但有大量的凤尾菇。乍出时，北京人觉得很新鲜，现在有点卖不动了。看来北京郊区洋蘑菇生产有点过剩了。

# 三

# 汪曾祺讲动物

## 导读

  一个喜欢动物的人是永远葆有童心的人,是心地善良的人,也是对这个世界怀有大爱的人。而汪曾祺就是如此。他用笔描绘了一个色彩斑斓的"动物王国":那里有大雁对生活的"呼唤",有充满母性的狼,有生命力顽强的鳜鱼,还有保留夏日残暑的昆虫们……汪曾祺用细腻的笔触、极富美感且充满韵味的描绘让这些生命跃然纸上,令人爱不释手,他"只是希望现在的孩子也能玩玩这些昆虫,对自然发生兴趣",从而帮助孩子用眼睛发现生命之美,用心灵感受生命律动。因为"活在世上,你好像随时都在期待着,期待着有什么可以看一看的事",这不正是人的天性吗?

# 草木虫鱼鸟兽

## 雁

"爬山调":"大雁南飞头朝西……"

诗人韩燕如告诉我,他曾经用心观察过,确实是这样。他惊叹草原人民对生活的观察的准确而细致。他说:"生活!生活……"

为什么大雁南飞要头朝着西呢?草原上的人说这是依恋故土。"爬山调"是用这样的意思作比喻和起兴的。

"大雁南飞头朝西……"

河北民歌:"八月十五雁门开,孤雁头上带霜来……""孤雁头上带霜来",这写得多美呀!

## 琥珀

我在祖母的首饰盒子里找到一个琥珀扇坠。一滴琥珀里有一只小黄蜂。琥珀是透明的,从外面可以清清楚楚地看到黄蜂。触须、翅膀、腿脚,清清楚楚,形态如生,好像它还活着。祖母说,黄蜂正在飞动,一滴松脂滴下来,恰巧把它裹住。松脂埋在地下好多年,就成了琥珀。祖母告诉我,这样的琥珀并非罕见,值不了多少钱。

后来我在一个宾馆的小卖部看到好些人造琥珀的首饰。各种形状的都有,都琢治①得很规整,里面也

---

① 琢治:雕琢(玉石等)。

都压着一个昆虫。有一个项链上的淡黄色的琥珀里竟压着一只蜻蜓。这些昆虫都很完整,不缺腿脚,不缺翅膀,但都是僵直的,缺少生气。显然这些昆虫是被弄死了以后,被精心地、端端正正地压在里面的。

我不喜欢这种里面压着昆虫的人造琥珀。

我的祖母的那个琥珀扇坠之所以美,是因为它是偶然形成的。

美,多少要包含一点偶然。


## 瓢虫

瓢虫有好几种,外形上的区别在鞘翅上有多少黑点。这种黑点,昆虫学家谓之"星"。有七星瓢虫、十四星瓢虫、二十星瓢虫……有的瓢虫是益虫,它吃蚜虫,是蚜虫的天敌;有的瓢虫是害虫,吃马铃薯的嫩芽。

瓢虫的样子是差不多的。

中国画里很早就有画瓢虫的了。通红的一个圆点，在绿叶上，很显眼，使画面增加了生趣。

齐白石爱画瓢虫。他用藤黄涂成一个葫芦，上面栖息了一只瓢虫，对比非常鲜明。王雪涛、许麟庐都画过瓢虫。

谁也没有数过画里的瓢虫身上有几个黑点，指出这只瓢虫是害虫还是益虫。

科学和艺术有时是两回事。

瓢虫像一粒用朱漆制成的小玩意。

北京的孩子（包括大人）叫瓢虫为"花大姐"，这个名字很美。

## 螃蟹

螃蟹的样子很怪。

《梦溪笔谈》载：关中人不识螃蟹。有人收得一只干蟹，人家病疟，就借去挂在门上——中国过去相信生疟疾是由于虐鬼作祟。门上挂了一只螃蟹，虐鬼不知道这是什么玩意，就不敢进门了。沈括说：不但人不识，鬼亦不识也。"不但人不识，鬼亦不识也"，这说得很幽默！

在拉萨八角街一家卖藏药的铺子里看到一只小螃蟹，蟹身只有拇指大，金红色的，已经干透了，放在一只盘子里。大概西藏人也相信这只奇形怪状的虫子有某种魔力，是能治病的。

螃蟹为什么要横着走呢？

螃蟹的样子很凶恶，很奇怪，也很滑稽。

凶恶和滑稽往往近似。


## 豆芽

朱小山去点豆子。地埂上都点了，还剩一把，他懒得带回去，就搬起一块石头，把剩下的豆子都塞到石头下面。过了些日子，朱小山发现：石头离开地面了。豆子发了芽,豆芽把石头顶起来了。朱小山非常惊奇。

朱小山为这件事惊奇了好多年。他跟好些人讲起过这件事。

有人问朱小山:"你老说这件事是什么意思?是要说明一种什么哲学吗?"

朱小山说:"不,我只是想说说我的惊奇。"

过了好些年,朱小山成了一个知名的学者,他回他的家乡去看看。他想找到那块石头。

他没有找到。

## 落叶

漠漠春阴柳未青,
冻云欲湿上元灯。
行过玉渊潭畔路,
去年残叶太分明。

汽车开过湖边,
带起一群落叶。
落叶追着汽车,
一直追得很远。
终于没有力气了,
又纷纷地停下了。
"你神气什么?
还嘚嘚地叫!"
"甭理它。
咱们讲故事。"
"秋天,
早晨的露水……"

## 啄木鸟

啄木鸟追逐着雌鸟,
红胸脯发出无声的喊叫,

它们一翅飞出树林,

　　落在湖边的柳梢。

不知从哪里钻出一个孩子,

　　一声大叫。

啄木鸟吃了一惊,

　　他身边已经没有雌鸟。

不一会树林里传出啄木的声音,

　　他已经忘记了刚才的烦恼。

　　　　**载一九九八年第二期《大家》(有删节)**

# 狼的母性

香港大概没有狼。

中国很多地方有狼。

绍兴有狼。鲁迅写的祥林嫂的孩子阿毛就是被狼吃了的。

昆明有狼。我在昆明郊区看到一些人家的砖墙上用石炭画了一个一个的白圈,问人:"这是干什么?"答曰:"是防狼的。"狼性多疑,它怕中了圈套。

张家口有狼。口外长途车站有一个站名就叫狼窝沟。在张家口想买一件狼皮褥子毫不费事，也很便宜。狼皮褥子可以隔潮，垫了狼皮褥子不易得风湿。我在张家口的沙岭子下放劳动了三年，有一只狼老来偷果园里的葡萄，而且专偷"白香蕉"。白香蕉是葡萄的名种，果粒色白，而有香蕉味道。后来叫一个农业工人用步枪打死了。剖开肚子，一肚子都是白香蕉！

呼和浩特有狼。

大青山狼多。狼多昼伏夜出。有一个在山里打过游击的朋友告诉我："那几年，狼下山，我下山，狼回山，我回山。"有一个游击队员在半山睡着了，一只狼爬到他身上，他惊醒了，两手掐住狼脖子不放，竟把狼掐死了。后来熟人见他都开玩笑："武松打虎，××掐狼。"

游击队在山里行军，发现三只小狼埋在沙坑里，只露出三个小脑袋。一个小战士很奇怪，问人："这是怎么回事？"一个有经验的老战士告诉他："小狼出痘子，母狼就把它们用沙土埋起来，过几天再刨出来。"小战士把三只小狼刨出来，背走了。这一下惹了麻烦：游击队到哪里，母狼跟到哪里。蹲在不远的地方哀叫，一叫一黑夜。又不能开枪打，怕暴露目标。叫了几夜，后来小战士听了老战士的劝，把小狼放了，晚上宿营，才能睡个安生觉。

呼伦贝尔有狼。

海拉尔，离市区不远的山里有一窝狼，两只老狼，三只狼崽子。有一个农民知道了，趁老狼不在的时候把狼崽子掏了。畜产公司收购，大狼一只三十块钱，小狼十五。三只小狼能卖四十五块钱。老狼回来了，就找掏狼崽子的人。找到海拉尔桥头，没办法了。原来这个农民很有经验，知道老狼会循着他身上的气味跟踪的——狼鼻子非常尖，他到了海拉尔桥就下了河，从河里走了。河水把他的气味冲走了。线索断了。这两只老狼就连夜祸害桥边的村子，咬死了几个孩子。狼急疯了，要报复。后来是动用了解放军，围剿了一夜，才把老狼打死了。

## 香港的鸟

早晨九点钟,在跑马地一带闲走。香港人起得晚,商店要到十一点才开门,这时街上人少,车也少,比较清静。看见一个人,大概五十来岁,手里托着一只鸟笼。这只鸟笼的底盘只有一本大三十二开的书那样大,两层,做得很精致。这种双层的鸟笼,我还是头一次见到。楼上楼下,各有一只绣眼。香港的绣眼似乎比内地的更为小巧。他走得比较慢,近乎是在散步——香港人走路都很快,总是匆匆忙忙,好像都在赶着去办一件什么事。在香港，看见这样一个遛鸟的闲人，我觉得很新鲜。至少他这会儿还是清闲的——也许过一个小时他就要忙碌起来了。他这也算是遛鸟了，虽然在林立的高楼之间，在狭窄的人行道上遛鸟，不免有点滑稽。而且这时候遛鸟，也太晚了一点——北京的遛鸟的这时候早遛完了，回家了。莫非香港的鸟也醒得晚？

在香港的街上遛鸟，大概只能用这样精致的双层小鸟笼。像徐州人那样可不行——我忽然想起徐州人遛鸟。徐州人养百灵，笼极高大，高三四尺（笼里的"台"也比北京的高得多），无法手提，只能用一根打磨得极光滑的枣木杆子作扁担，把鸟笼担着。或两笼，或三笼、四笼。这样的遛鸟，只能在旧黄河岸，慢慢地走。如果在香港，担着这样高大的鸟笼，用这样的慢步遛鸟，是绝对不行的。

我告诉张辛欣，我看见一个香港遛鸟的人，她说："你就注意这样的事情！"我也不禁自笑。

在隔海的大屿山，晨起，听见斑鸠叫。艾芜同志正在散步，驻足而听，说："斑鸠。"意态悠远，似乎有所感触，又似乎没有。

宿大屿山，夜间听见蟋蟀叫。

临离香港，被一个记者拉住，问我对于香港的观感，匆促之间，不暇细谈，我只说："眼花缭乱，应接不暇。"并说我在香港听到了斑鸠和蟋蟀，觉得很亲切。她问我斑鸠是什么，我只好模仿斑鸠的叫声，她连连点头。也许她听不懂我的普通话，也许她真的对斑鸠不大熟悉。

香港鸟很少，天空几乎见不到一只飞着的鸟，鸦鸣鹊噪都听不见，但是酒席上几乎都有焗禾花雀和焗乳鸽。香港有那么多餐馆，每天要消耗多少禾花雀和乳鸽呀！这些禾花雀和乳鸽是哪里来的呢？对于某些香港人来说，鸟是可吃的，不是看的，听的。

城市发达了，鸟就会减少。北京太庙的灰鹤和宣武门城楼的雨燕现在都没有了。但是我希望有关领导在从事城市建设时，能注意多留住一些鸟。

# 鳜鱼

读《徐文长佚草》,有一首《双鱼》:

> 如绸鳜鱼如栉鲋,謦张腮呷跳纵横。
> 遗民携立岐阳上,要就官船脍具烹。

青藤道士画并题。鳜鱼不能屈曲,如僵蹶也。绸音计,即今花毯,其鳞纹似之,故曰鳜鱼。鲫鱼群附而行,故称鲋鱼。旧传败栉所化,或因其形似耳。

这是一首题画诗。使我发生兴趣的是诗后的附注。鳜鱼为什么叫作鳜鱼呢？是因为它"不能屈曲，如僵蹶也"。此说似有理。鳜鱼是不能屈曲的，因为它的脊骨很硬。但又觉得有些勉强，有点像王安石的《字说》。这种解释我没有听说过，很可能是徐文长自己琢磨出来的。但说它为什么又叫罽鱼，是有道理的。附注里的"即今花毯"，"毯"字肯定是刻错了或排错了的字，当作"毯"。"罽"是杂色的毛织品，是一种衣料。《汉书·高帝纪下》："贾人毋得衣锦绣、绮縠、絺纻、罽。"这种毛料子大概到徐文长的时候已经没有了，所以他要注明"即今花毯"。其实罽有花，却不是毯子。用毯子做衣服，未免太厚重。用当时可见的花毯来比罽，原也是没有办法的办法。而且罽或𦇁，这个字十六世纪认得的人就不多了，所以徐文长注曰"音计"。鳜鱼有些地方叫作"鳟花鱼"，如松花江畔的哈尔滨和我的家乡高邮。北京人则反过来读成"花鳟"。叫作"鳟花"是没有讲的。正字应写成"罽花"。鳜鱼身上有杂色斑点，大概古代的罽就是那样。不过如果有哪家饭馆里的菜单上写出"清蒸鳜花鱼",绝大部分顾客一定会不知道这是什么东西。即使写成"鳜鱼",有人怕也不认识,很可能念成"厥鱼"(今音)。我小时候有一位老师教我们张志和的《渔父》,"西塞山前白鹭飞,桃花流水鳜鱼肥",就把"鳜鱼"读成"厥鱼"。因此,现在很多饭馆都写成"桂鱼"。其实这是都可以的吧,写成"鯚花鱼""桂鱼",都无所谓,只要是那个东西。不过知道"鳜花鱼"的由来,也不失为一件有趣的事。

鳜鱼是非常好吃的。鱼里头,最好吃的,我以为是鳜鱼。刀鱼刺多,鲥鱼一年里只有那么几天可以捕到。堪与鳜鱼匹敌的,大概只有南方的石斑,尤其是青斑,即"灰鼠石斑"。鳜鱼刺少,肉厚。蒜瓣肉。肉细,嫩,鲜。清蒸、干烧、糖醋、做松鼠鱼,皆妙。氽汤,汤白如牛乳,浓而不腻,远胜鸡汤鸭汤。我在淮安曾多次吃过"干炸鯚花鱼"。二尺多长的活治整鳜鱼入大锅滚油干炸,蘸椒盐,吃了令人咋舌。至今思之,只能如张岱所说:"酒足饭饱,惭愧惭愧！"

  鳜鱼的缺点是不能放养，因为它是吃鱼的，"大鱼吃小鱼"。其实吃鱼的鱼并不多，据我所知，吃鱼的鱼，只有几种：鳜鱼、鮰鱼、黑鱼（鲨鱼、鲸鱼不算）。鮰鱼本名鮠。《本草纲目·鳞部四》："北人呼鳠，南人呼鮠，并与鮰音相近，迩来通称鮰鱼，而鳠、鮠之名不彰矣。"黑鱼本名乌鳢。现在还有这么叫的。林斤澜《矮凳桥风情》里写了乌鳢，有人看了以为这是一种带神秘色彩的古怪东西，其实即黑鱼而已。

  凡吃鱼的鱼，生命力都极顽强。我小时曾在河边看人治黑鱼，内脏都掏空了，此黑鱼仍能跃入水中游去。我在小学时垂钓，曾钓着一条大黑鱼，心里喜欢得怦怦跳，不料大黑鱼把我的钓线挣断，嘴边挂着鱼钩和挺长的一截线游走了！

一九八七年七月八日<br>载一九八七年第十一期《北京文学》

# 夏天的昆虫

蝈蝈

蝈蝈我们那里叫作"叫蛐子"。因为它长得粗壮结实,样子也不大好看,还特别在前面加一个"侉"字,叫作"侉叫蛐子"。这东西就是会呱呱地叫。有时嫌它叫得太吵人了,在它的笼子上拍一下,它就大叫一声:"呱!"停止了。它什么都吃。据说吃了辣椒更爱叫,我就挑顶辣的辣椒喂它。早晨,掐了南瓜花（谎花）喂它，只是取其好看而已。这东西是咬人的。有时捏住笼子，它会从竹篾的洞里咬你的指头肚子一口！

另有一种秋叫蛐子，较晚出，体小，通身碧绿如玻璃料，叫声清脆。秋叫蛐子养在牛角做的圆盒中，顶面有一块玻璃。我能自己做这种牛角盒子，要紧的是弄出一块大小合适的圆玻璃。把玻璃放在水盆里，用剪子剪，则不碎裂。秋叫蛐子价钱比侉叫蛐子贵得多。养好了，可以越冬。

叫蛐子是可以吃的。得是三尾的，腹大多子。扔在枯树枝火中，一会就熟了。味极似虾。

### 蝉

蝉大别有三类。一种是"海溜"，最大，色黑，叫声洪亮。这是蝉里的"楚霸王"，生命力很强。我曾捉了一只，养在一个断了发条的旧座钟里，活了好多天。一种是"嘟溜",体较小,绿色而有点银光,样子最好看,叫声也好听:"嘟溜——嘟溜——嘟溜。"一种叫"叽溜",最小,暗赭色,也是因其叫声而得名。

蝉喜欢栖息在柳树上。古人常画"高柳鸣蝉",是有道理的。

北京的孩子捉蝉用粘竿——竹竿头上涂了粘胶。我们小时候则用蜘蛛网。选一根结实的长芦苇,一头撅成三角形,用线缚住,看见有大蜘蛛网就一绞,三角里络满了蜘蛛网,很黏。瞅准了一只蝉,轻轻一捂,蝉的翅膀就被粘住了。

佝偻丈人承蜩,不知道用的是什么工具。


## 蜻蜓

家乡的蜻蜓有三种。

一种极大,头胸浓绿色,腹部有黑色的环纹,尾部两侧有革质的小圆片,叫作"绿豆钢"。这家伙厉害得很,飞时巨大的翅膀磨得嚓嚓地响。或捉之置室内,它会对着窗玻璃猛撞。

一种即常见的蜻蜓,有灰蓝色和绿色的。蜻蜓的眼睛很尖,但到黄昏后眼力就有点不济。它们栖息着不动,从后面轻轻伸手,一捏就能捏住。玩蜻蜓有一种恶作剧的玩法:掐一根狗尾巴草,把草茎插进蜻蜓的屁股,一撒手,蜻蜓就带着狗尾草的穗子飞了。

一种是红蜻蜓。不知道什么道理,说这是灶王爷的马。

另有一种纯黑的蜻蜓。身上,翅膀都是深黑色,我们叫它鬼蜻蜓,因为它有点鬼气。也叫"寡妇"。

## 刀螂

刀螂即螳螂。螳螂是很好看的。螳螂的头可以四面转动。螳螂翅膀嫩绿,颜色和脉纹都很美。昆虫翅膀好看的，为螳螂，为纺织娘。

或问：你写这些昆虫什么意思？答曰：我只是希望现在的孩子也能玩玩这些昆虫，对自然发生兴趣。现在的孩子大都只在电子玩具包围中长大，未必是好事。

*载一九八七年第九期《北京文学》*

# 昆虫备忘录

## 复眼

我从小学三年级"自然"教科书上知道蜻蜓是复眼,就一直捉摸复眼是怎么回事。"复眼",想必是好多小眼睛合成一个大眼睛。那它怎么看呢?是每个小眼睛都看到一个小形象,合成一个大形象?还是每个小眼睛看到形象的一部分,合成一个完整形象?捉摸不出来。

凡是复眼的昆虫，视觉都很灵敏。麻苍蝇也是复眼，你走近蜻蜓和麻苍蝇，还有一段距离，它就发现了，噌——飞了。

我曾经想过：如果人长了一对复眼？

还是不要！那成什么样子！

## 蚂蚱

河北人把尖头绿蚂蚱叫"挂大扁儿"。西河大鼓里唱道："挂大扁儿甩子在那荞麦叶儿上。"这句唱词有很浓的季节感。为什么叫"挂大扁儿"呢？我怪喜欢"挂大扁儿"这个名字。

我们那里只是简单地叫它蚂蚱。一说蚂蚱，就知道是指尖头绿蚂蚱。蚂蚱头尖，徐文长曾觉得它的头可以蘸了墨写字画画，可谓异想天开。

尖头蚂蚱是国画家很喜欢画的，画草虫的很少没有画过蚂蚱。齐白石、王雪涛都画过。我小时也画过不少张，只为它的形态很好掌握，很好画——画纺织娘，画蝈蝈，就比较费事。我大了以后，就没有画过蚂蚱。前年给一个年轻的牙科医生画了一套册页，有一开里画了一只蚂蚱。

蚂蚱飞起来会格格作响，不知道它是怎么弄出这种声音的。蚂蚱有鞘翅，鞘翅里有膜翅。膜翅是淡淡的桃红色的，很好看。

我们那里还有一种"土蚂蚱"，身体粗短，方头，色黑如泥土，翅上有黑斑。这种蚂蚱，捉住它，它就吐出一泡褐色的口水，很讨厌。

天津人所说的"蚂蚱"，实是蝗虫。天津的"烙饼卷蚂蚱"，卷的是焙干了的蝗虫肚子，河北省人嘲笑农民谈吐不文雅，说是"蚂蚱打喷嚏——满嘴的庄稼气"，说的也是蝗虫。蚂蚱还会打喷嚏？这真是"糟改"庄稼人！

小蝗虫名蝻。有一年，我的家乡闹蝗虫，在这以前，大街上一街蝗蝻乱蹦，看着真是不祥。

## 花大姐

瓢虫款款地落下来了,折好它的黑绸衬裙——膜翅,顺顺溜溜;收拢硬翅,严丝合缝。瓢虫是做得最精致的昆虫。

"做"的?谁做的?

上帝。

上帝?

上帝做了一些小玩意儿,给他的小外孙女儿玩。

上帝的外孙女儿?

对。上帝说:"给你!好看吗?"

"好看!"

上帝的外孙女儿?

对!

瓢虫是昆虫里面最漂亮的。

北京人叫瓢虫为"花大姐",好名字!

瓢虫，朱红的，磁漆似的硬翅，上有黑色的小圆点。圆点是有定数的，不能瞎点。黑色，叫作"星"。有七星瓢虫、十四星瓢虫……星点不同，瓢虫就分为两大类。一类是吃蚜虫的，是益虫；一类是吃马铃薯的嫩叶的，是害虫。我说吃马铃薯嫩叶的瓢虫，你们就不能改改口味，也吃蚜虫吗？

## 独角牛

吃晚饭的时候，嗡——扑！飞来一只独角牛，摔在灯下。它摔得很重，摔晕了。轻轻一捏，就捏住了。

独角牛是硬甲壳虫，在甲虫里可能是最大的，从头到脚，约有二寸。甲壳铁黑色，很硬，头部尖端有一只犀牛一样的角。这家伙，是昆虫里的霸王。

独角牛的力气很大。北京隆福寺过去有独角牛卖。给它套上一辆泥制的小车，它就拉着走。北京管这个大力士好像也叫作独角牛。学名叫什么，不知道。

## 磕头虫

我抓到一只磕头虫,北京也有磕头虫?我觉得很惊奇。我拿给我的孩子看,以为他们不认识。

"磕头虫,我们小时候玩过。"

哦!

磕头虫的脖子不知道怎么有那么大的劲,把它的肩背按在桌面上,它就吧嗒吧嗒地不停地磕头。把它仰面朝天放着,它运一会气,脖子一挺,就反弹得老高,空中转体,正面落地。

## 蝇虎

蝇虎,我们那里叫作苍蝇虎子,形状略似蜘蛛而长,短脚,灰黑色,有细毛,趴在砖墙上,不注意是看不出来的。蝇虎的动作很快,苍蝇落在它面前,还没有站稳,已经被它捕获,来不及嘤地叫一声,就进了苍蝇虎子的口了。蝇虎的食量惊人,一只苍蝇,眨眼之间就吃得只剩一张空皮了。

苍蝇是很讨厌的东西,因此人对蝇虎有好感,不伤害它。

捉一只大金苍蝇喂苍蝇虎子,看着它吃下去,是很解气的。苍蝇虎子对送到它面前的苍蝇从来不拒绝。苍蝇虎子不怕人。

## 狗蝇

世界上最讨厌的东西是狗蝇。狗蝇钻在狗毛里叮狗,叮得狗又疼又痒,烦躁不堪,发疯似的乱蹦,乱转,乱骂人——叫。

一九九三年二月二日
载一九九四年第一期《大家》

四

# 汪曾祺讲人物

## 导读

是父亲给我们讲述历史故事,是母亲带我们在家浇灌鲜花,是爷爷奶奶帮我们养着宠物猫……很多人让我们内心充盈、满载感激。与他们相识、相知的故事,总让我们有落笔的冲动。但写人最难,把人写活更难。而汪曾祺却善用散淡精悍的小文把他内心深沉真挚的爱表达出来。他回忆父亲深沉的爱,感慨"我的那些梦本和他不相干,我梦里的那些事,他不可能在场,不知道怎么会掺和进来了";他感激着母亲对自己的照顾;他用尊敬之情讲述恩师沈从文的轶事;他记录下闻一多和金岳霖的授课趣事,让更多的人了解两位教授的真实一面;他用幼儿园的短歌与小歌剧,感谢师恩与母爱。"星斗其文,赤子其人",这些曾在汪曾祺的全世界路过的人,留给他的只有爱与美,以及对过往的怀念与珍视。"家人闲坐,灯火可亲",这世上,唯有爱与温暖不可辜负。

# 我的父亲

我父亲行三。我的祖母有时叫他的小名"三子"。他是阴历九月初九重阳节那天生的,故名菊生(我父亲那一辈生字排行,大伯父名广生,二伯父名常生)。字淡如。他作画时有时也题别号:亚痴、灌园生……他在南京读过旧制中学。所谓旧制中学大概是十年一贯制的学堂。我见过他在学堂时用过的教科书,英文是纳氏文法,代数几何是线装的有光纸印的,还有"修身"什么的。他为什么没有升学,我不知道。"旧制中学生"也算是功名。他的这个"功名"我在我的继母的"铭旌"上见过，写的是扁宋体的泥金字，所以记得。什么是"铭旌"？看《红楼梦》贾府办秦可卿丧事那回就知道，我就不噜苏了。

我父亲年轻时是运动员。他在足球校队踢后卫。他是撑竿跳选手，曾在江苏全省运动会上拿过第一。他又是单杠选手。我还见过他在天王寺外边驻军所设置的单杠上表演过空中大回环两周，这在当时是少见的。他练过武术，腿上带过铁砂袋。练过拳，练过刀，枪。我见他施展过一次武功，我初中毕业后，他陪我到外地去投考高中，在小轮船上，一个初来的侦缉队以检查为名勒索乘客的钱财。我父亲一掌，把他打得一溜跟头，从船上退过跳板，一屁股坐在码头上。我父亲平常温文尔雅，我还没见过他动手打人，而且，真有两下子！我父亲会骑马。南京马场有一匹劣马，咬人，没人敢碰它，平常都用一截粗竹筒套住它的嘴。我父亲偷偷解开缰绳，一骗腿骑了上去。一趟马道子跑下来，这马老实了。父亲还会游泳，水性很好。这些，我都不知道他是什么时候学的。

从南京回来后，他玩过一个时期乐器。他到苏州去了一趟，买回来好些乐器，笙箫管笛、琵琶、月琴、拉秦腔的胡胡、扬琴，甚至还有大小唢呐。唢呐我从未见他吹过。这东西吵人，除了吹鼓手、戏班子，一般玩乐器人都不在家里吹。一把大唢呐，一把小唢呐（海笛）一直放在他的画室柜橱的抽屉里。我们孩子们有时翻出来玩。没有哨子，吹不响，只好把铜嘴含在嘴里，自己呜呜作声，不好玩！他的一支洞箫、一支笛子、都是少见的上品。洞箫箫管很细，外皮作殷红色，很有年头了。笛子不是缠丝涂了一节一节黑漆的，是整个笛管擦了荸荠紫漆的，比常见的笛子管粗。箫声幽远，笛声圆润。我这辈子吹过的箫笛无出其右者。这两支箫笛不是从乐器店里买的，是花了大价钱从私人手里买的。他的琵琶是很好的，但是拿去和一个理发店里换了。他拿回理发店的那面琵琶又脏又旧、油里咕叽的。我问他为什么要换了这么一面脏琵琶回来，他说："这面琵琶声音好！"理发店用一面旧琵琶换了他的几乎是全新的琵琶,当然乐意。不论什么乐器,他听听别人演奏,看看指法,就能学会。他弹过一阵古琴,说:"都说古琴很难,其实没有什么。"我的一个远房舅舅,有一把一个法国神父送他的小提琴,我父亲跟他借回来,鼓揪鼓揪,几天工夫,就能拉出曲子来,据我父亲说,乐器里最难、最要功夫的,是胡琴。别看它只有两根弦,很简单,越是简单的东西越不好弄。他拉的胡琴我拉不了,弓子硬,马尾多,滴的松香很厚,松香拉出一道很窄的深槽,我一拉,马尾就跑到深槽的外面来了。父亲不在家的时候我有时使劲拉一小段,我父亲一看松香就知道我动过他的胡琴了。他后来不大摆弄别的乐器了,只有胡琴是一直拉着的。

摒挡丝竹以后,父亲大部分时间用于画画和刻图章,他画画并无真正的师承,只有几个画友。画友中过从较密的是铁桥,是一个和尚,善因寺的方丈。我写的小说《受戒》里的石桥,就是以他为原型的。铁桥曾在苏州邓尉山一个庙里住过,他作画有时下款题为"邓尉山僧"。我父亲第二次结婚,娶我的第一个继母,新房里就挂了铁桥的一个条幅,泥金纸,上角画了几枝桃花,两只燕子,款题"淡如仁兄嘉礼弟铁桥写贺"。在新房里挂一幅和尚的画,我的父亲可谓全无禁忌;这位和尚和俗人称兄道弟,也真是不拘礼法。我上小学的时候,就觉得他们有点"胡来。"这幅画的两边还配了我的一个舅舅写的一幅虎皮宣的对子:"蝶欲试花犹护粉,莺初学啭尚羞簧。"我后来懂得对联的意思了,觉得实在很不像话!铁桥能画,也能写。他的字写石鼓,画法任伯年。根据我的印象,都是相当有功力的。我父亲和铁桥常来往,画风却没有怎么受他的影响。也画过一阵工笔花卉。我们那里的画家有一种理论,画画要从工笔入手,也许是有道理的。扬州有一位专画菊花的画家,这位画家画菊按朵论价,每朵大洋一元。父亲求他画了一套菊谱,二尺见方的大册页。我有个姑太爷,也是画画的,说:"像他那样的玩法,我们玩不起!"兴化有一位画家徐子兼,画猴子,也画工笔花卉。我父亲也请他画了一套册页。有一开画的是罂粟花，薄瓣透明，十分绚丽。一开是月季，题了两行字："春水蜜波为花写照。""春水""蜜波"是月季的两个品种，我觉得这名字起得很美，一直不忘。我见过父亲画工笔菊花，原来花头的颜色不是一次敷染，要"加"几道。扬州有菊花名种"晓色"，父亲说这种颜色最不好画。"晓色"，很空灵，不好捉摸。他画成了，我一看，是晓色！他后来改了画写意，用笔略似吴昌硕。照我看，我父亲的画是有功力的，但是"见"得少，没有行万里路，多识大家真迹，受了限制。他又不会作诗，题画多用前人陈句，故布局平稳，缺少创意。

父亲刻图章，初宗浙派，清秀规矩。他年轻时刻过一套《陋室铭》印谱，有几方刻得不错，但是过于着意，很拘谨。有"兰带""折钉"，都是"做"出来的。有一方"草色入帘青"是双钩，我小时觉得很好看，稍大，即觉得纤巧小气。《陋室铭》印谱只是他初学刻印的成绩。三十多岁后，渐渐豪放，以治汉印为主。他有一套端方的《匋斋印存》，经常放在案头。

有时也刻浙派少印。我记得他给一个朋友张仲陶刻过一块青田涷石小长方印，文曰"中匋"，实在漂亮。"中匋"两字也很好安排。

刻印的人多喜藏石。父亲的石头是相当多的，他最心爱的是三块田黄，我在小说《岁寒三友》中写的靳彝甫的三块田黄，实际上写的是我父亲的三块图章。

他盖章用的印泥是自己做的。用的是"大劈砂"，这是朱砂里最贵重的。大劈砂深紫色的，片状，制成印泥，鲜红夺目。他说见过一些明朝画，纸色已经灰暗，而印色鲜明不变。大劈砂盖的图章可以"隐指"，即用手指摸摸，印文是鼓出的。他的画室的书橱里摆了一列装在玻璃瓶的大劈砂和陈年的蓖麻子油，蓖麻油是调印色用的。

我父亲手很巧，而且总是活得很有兴致。他会做各种玩意。元宵节，他用通草（我们家开药店，可以选出很大片的通草）为瓣，用画牡丹的西洋红（西洋红很贵，齐白石作画，有一个时期，如用西洋红，是要加价的）染出深浅，做成一盏荷花灯，点了蜡烛，比真花还美。他用蝉翼笺染成浅绿，以铁丝为骨，做了一盏纺织娘灯，下安细竹棍。我和姐姐提了，举着这两盏灯上街，到邻居家串门，好多人围着看。清明节前，他糊风筝。有一年糊了一只蜈蚣（我们那里叫"百脚"），是绢糊的，他用药店里称麝香用的小戥子约蜈蚣两边的鸡毛——鸡毛必须一样重，否则上天就会打滚。他放这只蜈蚣不是用的一般线，是胡琴的老弦。我们那里用老弦放风筝的，家父实为第一人（用老弦放风筝，风筝可以笔直地飞上去，没有"肚子"）。他带了几个孩子在傅公桥麦田里放风筝。这时麦子尚未"起身"，是不怕踩的，越踩越旺。春服既成，惠风和畅，我父亲这个孩子头带着几个孩子，在碧绿的麦垅间奔跑呼叫，为乐如何？我想念我的父亲（我现在还常常梦见他），想念我的童年，虽然我现在是七十二岁，皤然一老了。夏天，他给我们糊养金铃子的盒子。他用钻石刀把玻璃裁成一小块一小块，再合拢，接缝处用皮纸糨糊固定，再加两道细蜡笺条，成了一只船、一座小亭子、一个八角玲珑玻璃球，里面养着金铃子。隔着玻璃，可以看到金铃子在里面爬，吃切成小块的梨，张开翅膀"叫"。秋天，买来拉秧的小西瓜，把瓜瓤掏空，在瓜皮上镂刻出很细致的图案，做成几盏西瓜灯，西瓜灯里点了蜡烛，洒下一片绿光，父亲鼓捣半天，就为让孩子高兴一晚上。我的童年是很美的。

我母亲死后，父亲给她糊了几箱子衣裳，单夹皮棉，四时不缺。他不知从哪里搜罗来各种颜色，砑出各种花样的纸。听我的大姑妈说，他糊的皮衣跟真的一样，能分出滩羊、灰鼠。这些衣服我没看见过，但他用剩的色纸，我见过。我们用来折"手工"。有一种纸，银灰色，正像当时时兴的"慕本缎子"。

我父亲为人很随和，没架子。他时常周济穷人，参与一些有关公益的事情，因此在地方上人缘很好。民国二十年发大水，大街成了河。我每天看见他蹚着齐胸的水出去，手里横执了一根很粗的竹篙，穿一身直罗褂。他出去，主要是办赈济。我在小说《钓鱼的医生》里写王淡人有一次乘了船，在腰里系了铁链，让几个水性很好的船工也在腰里系了铁链，一头拴在王淡人的腰里，冒着生命危险，渡过激流，到一个被大水围困的孤村去为人治病，这写的实际是我父亲的事。不过他不是去为人治病，而是去送"华洋义赈会"发来的面饼（一种很厚的面饼，山东人叫"锅盔"）。这件事写进了地方上人送给我祖父的六十寿序里，我记得很清楚。

父亲后来以为人医眼为职业。眼科是汪家祖传。我的祖父、大伯父都会看眼科。我不知道父亲懂眼科医道。我十九岁离开家乡，离乡之前，我没见过他给人看眼睛。去年回乡，我的妹婿给我看了一册父亲手抄的眼科医书，字很工整，是他年轻时抄的。那么，他是在眼科上下过功夫的。听说他的医术还挺不错。有一邻居的孩子得了眼疾，双眼肿得像桃子，眼球红得像大红缎子。父亲看过，说不要紧。他叫孩子的父亲到阴城（一片乱葬坟场，很大，很野，据说韩世忠在这里打过仗）去捉两个大田螺来。父亲在田螺里倒进两管鹅翎眼药，两撮冰片，把田螺扣在孩子的眼睛上，过了一会田螺壳裂了。据那个孩子说，他睁开眼，看见天是绿的。孩子的眼好了。一生没有再犯过眼病。田螺治眼，我在任何医书上没看见过，也没听说过。这个"孩子"现在还在，已经五十几岁了。是个理发师傅。去年我回家乡，从他的理发店门前经过，那天，他又把我父亲给他治眼的经过，向我的妹婿详细地叙述了一次。这位理发师傅希望我给他的理发店写一块招牌。当时我很忙，没有来得及给他写。我会给他写的。一两天就写了托人带去。

我父亲配制过一次眼药。这个配方现在还在，但是没有人配得起，要几十种贵重的药，包括冰片、麝香、熊胆、珍珠……珍珠要是人戴过的。父亲把祖母帽子上的几颗大珠子要了去。听我的第二个继母说，他制药极其虔诚，三天前就洗了澡（"斋戒沐浴"），一个人住在花园里，把三道门都关了，谁也不让去。

父亲很喜欢我。我母亲死后，他带着我睡。他说我半夜醒来就笑。那时我三岁（实年）。我到江阴去投考南菁中学，是他带着我去的。住在一个市庄的栈房里，臭虫很多。他就点了一支蜡烛，见有臭虫，就用蜡烛油滴在它身上。第二天我醒来，看见席子上好多好多蜡烛油点子。我美美地睡了一夜，父亲一夜未睡。我在昆明时，他还在信封里用玻璃纸包了一小包"虾松"寄给我过。我父亲很会做菜，而且能别出心裁。我的祖父春天忽然想吃螃蟹。这时候哪里去找螃蟹？父亲就用瓜鱼（即水仙鱼），给他伪造了一盘螃蟹，据说吃起来跟真螃蟹一样。"虾松"是河虾剁成米粒大小，掺以小酱瓜丁，入温油炸透。我也吃过别人做的"虾松"，都比不上我父亲的手艺。

  我很想念我的父亲，现在还常常做梦梦见他。我的那些梦本和他不相干，我梦里的那些事，他不可能在场，不知道怎么会掺和进来了。

一九九二年五月二十八日<br>载一九九二年第八期《作家》

## 我的母亲

我父亲结过三次婚。我的生母姓杨。我不知道她的学名。杨家不论男女都是排行的。我母亲那一辈"遵"字排行，我母亲应该叫杨遵什么。前年我写信问我的姐姐，我们的母亲叫什么。姐姐回信说："叫'强四'。"我觉得很奇怪，怎么叫这么个名呢？是小名么？也不大像。我知道我母亲不是行四。一个人怎么会连自己母亲的名字都不知道呢？因为我母亲活着的时候我太小了。

我三岁的时候，母亲就故去了。我对她一点印象都没有。她得的是肺病，病后即移住在一个叫"小房"的房间里，她也不让人把我抱去看她。我只记得我父亲用一个煤油箱自制了一个炉子。煤油箱横放着，有两个火口，可以同时为母亲熬粥，熬参汤、燕窝，另外还记得我父亲雇了一只船陪她到淮城去就医，我是随船去的。还记得小船中途停泊时，父亲在船头钓鱼，我记得船舱里挂了好多大头菜。我一直记得大头菜的气味。

我只能从母亲的画像看看她。据我的大姑妈说，这张像画得很像。画像上的母亲很瘦，眉尖微蹙。样子和我的姐姐很相似。

我母亲是读过书的。她病倒之前每天还写一张大字。我曾在我父亲的画室里找出一摞母亲写的大字，字写得很清秀。

前年我回家乡，见着一个老邻居，她记得我母亲。看见过我母亲在花园里看花——这家邻居和我们家的花园只隔一堵短墙。我母亲叫她"小新娘子"。

"小新娘子，过来过来，给你一朵花戴。"我于是好像看见母亲在花园里看花，并且觉得她对邻居很和善。这位"小新娘子"已经是八十多岁的老太太了！

我还记得我母亲爱吃京冬菜。这东西我们家乡是没有的，是托做京官的亲戚带回来的，装在陶制的罐子里。

我母亲死后，她养病的那间"小房"锁了起来，里面堆放着她生前用的东西，全部嫁妆——"摞橱"、皮箱和铜火盆，朱漆的火盆架子……我的继母有时开锁进去，取一两样东西，我跟着进去看过。"小房"外面有一个小天井。靠南有一个秋叶形的小花台。花台上开了一些秋海棠。这些海棠自开自落，没人管它。花很伶仃，但是颜色很红。

我的第一个继母娘家姓张。她们家原来在张家庄住，是个乡下财主。后来在城里盖了房子，才搬进城来。房子是全新的，新砖，新瓦，油漆的颜色也都很新。没有什么花木，却有一片很大的桑园。我小时就觉得奇怪，又不养蚕，种那么多桑树做什么？桑树都长得很好，干粗叶大，是湖桑。

我的继母幼年丧母，她是跟姑妈长大的，姑妈家姓吴。继母的姑妈年轻守寡。她住的房子二梁上挂着一块匾，朱地金字"松贞柏节"，下款是"大总统题"。这大总统不知是谁，是袁世凯？还是黎元洪？吴家家境不富裕，住的房子是张家的三间偏房。老姑奶奶有两个儿子，一个叫大和子，一个叫小和子。两个儿子都没上学校，念了几年私塾，专学珠算。同年龄的少年学"鸡兔同笼"，他们却每天打"归除""斤求两，两求斤"。他们是准备到钱庄去学生意的。

我的继母归宁①，也到她的继母屋里坐坐，但大部分时间都在这三间偏房里和姑妈在一起。我父亲到老丈人那边应酬应酬，说些淡话，也都在"这边"陪姑妈闲聊。直到"那边"来请坐席了，才过去。

继母身体不好。她婚前咳嗽得很厉害，和我父亲拜堂时是服用了一种进口的杏仁露压住的。

---

① 归宁：指已婚妇女回家看望父母。

她是长女,但是我的外公显然并不钟爱她。她的陪嫁妆奁是不丰的。她有时准备出门做客,才戴一点首饰。比较好的首饰是副翡翠耳环。有一次,她要带我们到外公家拜年,她打扮了一下,换了一件灰鼠的皮袄。我觉得她一定会冷。这样的天气,穿一件灰鼠皮袄怎么行呢?然而她只有一件皮袄。我忽然对我的继母产生一种说不出来的感情。我可怜她,也爱她。

后娘不好当。我的继母进门就遇到一个局面,"前房"(我的生母)留下三个孩子:我姐姐,我,还有一个妹妹。这对于"后娘"当然会是沉重的负担。上有婆婆,中有大姑子,小姑子,还有一些亲戚邻居,她们都拿眼睛看着,拿耳朵听着。

也许我和娘(我们都叫继母为娘)有缘,娘很喜欢我。

她每次回娘家,都是吃了晚饭才回来。张家总是叫了两辆黄包车,姐姐和妹妹坐一辆,娘搂着我坐一辆。张家有个规矩(这规矩是很多人家都有的),姑娘回自己婆家,要给孩子手里拿两根点着了的安息香。我于是拿着两根安息香,偎在娘怀里。黄包车慢慢地走着。两旁人家、店铺的影子向后移动着,我有点迷糊。闻着安息香的香味,我觉得很幸福。

小学一年级时,冬天,有一天放学回家,我大便急了,憋不住,拉在裤子里了(我记得我拉的屎是热腾腾的)。我兜着一裤兜屎,一扭一扭地回了家。我的继母一闻,二话没说,赶紧烧水,给我洗了屁股。她把我擦干净了,让我围着棉被坐着。接着就给我洗衬裤刷棉裤。她不但没有说我一句,连眉头都没有皱一下。

我妹妹长了头虱,娘煎了草药给她洗头,用篦子给她篦头发。张氏娘认识字,念过《女儿经》。《女儿经》有几个版本,她念过的那本,她从娘家带了过来,我看过。里面有这样的句子:"张家长,李家短,别人的事情我不管。"她就是按照这一类道德规范做人的。她有时念经:《金刚经》《心经》《高王经》。她是为她的姑妈念的。

她做的饭菜有些是乡下做法,比如番瓜(南瓜)熬面疙瘩、煮百合先用油炒一下。我觉得这样的吃法很怪。

她死于肺病。

我的第二个继母姓任。任家是邵伯大地主,庄园有几座大门,庄园外有壕沟吊桥。

我父亲是到邵伯结的婚。那年我已经十七岁,读高二了。父亲写信给我和姐姐,叫我们去参加他的婚礼。任家派一个长工推了一辆独轮车到邵伯码头来接我们。我和姐姐一人坐一边。我第一次坐这种独轮车,觉得很有趣。

我已经很大了,任氏娘对我们很客气,称呼我是"大少爷"。我十九岁离开家乡到昆明读大学。一九八六年回乡,这时娘才改口叫我"曾祺"——我这时已经六十六岁,也不是什么"少爷"了。

我对任氏娘很尊敬。因为她伴随我的父亲度过了漫长的很艰苦的沧桑岁月。

她今年八十六岁。

一九九二年七月十一日
载一九九三年第二期《作家》

# 沈从文先生在西南联大

沈先生在联大开过三门课：各体文习作、创作实习和中国小说史。三门课我都选了——各体文习作是中文系二年级必修课，其余两门是选修。西南联大的课程分必修与选修两种。中文系的语言学概论、文字学概论、文学史（分段）……是必修课，其余大都是任凭学生自选。《诗经》、楚辞、《庄子》、《昭明文选》、唐诗、宋诗、词选、散曲、杂剧与传奇……选什么，选哪位教授的课都成。但要凑够一定的学分

（这叫"学分制"）。一学期我只选两门课，那不行。自由，也不能自由到这种地步。

创作能不能教？这是一个世界性的争论问题。很多人认为创作不能教。我们当时的系主任罗常培先生就说过：大学是不培养作家的，作家是社会培养的。这话有道理。沈先生自己就没有上过什么大学。他教的学生后来成为作家的，也极少。但是也不是绝对不能教。沈先生的学生现在能算是作家的，也还有那么几个。问题是由什么样的人来教，用什么方法教。现在的大学里很少开创作课的，原因是找不到合适的人来教。偶尔有大学开这门课的，收效甚微，原因是教得不甚得法。

教创作靠"讲"不成。如果在课堂上讲鲁迅先生所讥笑的"小说作法"之类，讲如何作人物肖像，如何描写环境，如何结构，结构有几种——攒珠式的、橘瓣式的……那是要误人子弟的。教创作主要是让学生自己"写"。沈先生把他的课叫作"习作""实习"，很能说明问题。如果要讲，那"讲"要在"写"之后。就学生的作业,讲他的得失。教授先讲一套,让学生照猫画虎,那是行不通的。

沈先生是不赞成命题作文的,学生想写什么就写什么。但有时在课堂上也出两个题目。沈先生出的题目都非常具体。我记得他曾给我的上一班同学出过一个题目:"我们的小庭院有什么",有几个同学就这个题目写了相当不错的散文,都发表了。他给比我低一班的同学曾出过一个题目:"记一间屋子里的空气"!我的那一班出过些什么题目,我倒不记得了。沈先生为什么出这样的题目?他认为:先得学会车零件,然后才能学组装。我觉得先做一些这样的片段的习作,是有好处的,这可以锻炼基本功。现在有些青年文学爱好者,往往一上来就写大作品,篇幅很长,而功力不够,原因就在零件车得少了。

沈先生的讲课,可以说是毫无系统。前已说过,他大都是看了学生的作业,就这些作业讲一些问题。他是经过一番思考的,但并不去翻阅很多参考书。沈先生读很多书,但从不引经据典,他总是凭自己的直觉说话，从来不说亚里士多德怎么说、福楼拜怎么说、托尔斯泰怎么说、高尔基怎么说。他的湘西口音很重，声音又低，有些学生听了一堂课，往往觉得不知道听了一些什么。沈先生的讲课是非常谦抑，非常自制的。他不用手势，没有任何舞台道白式的腔调，没有一点哗众取宠的江湖气。他讲得很诚恳，甚至很天真。但是你要是真正听"懂"了他的话——听"懂"了他的话里并未发挥罄尽的余意，你是会受益匪浅，而且会终生受用的。听沈先生的课，要像孔子的学生听孔子讲话一样："举一隅而三隅反。"

沈先生讲课时所说的话我几乎全都忘了（我这人从来不记笔记）！我们有一个同学把闻一多先生讲唐诗课的笔记记得极详细，现已整理出版，书名就叫《闻一多论唐诗》，很有学术价值，就是不知道他把闻先生讲唐诗时的"神气"记下来了没有。我如果把沈先生讲课时的精辟见解记下来，也可以成为一本《沈从文论创作》。可惜我不是这样的有心人。

沈先生关于我的习作讲过的话我只记得一点了，

是关于人物对话的。我写了一篇小说（内容早已忘记干净），有许多对话。我竭力把对话写得美一点，有诗意，有哲理。沈先生说："你这不是对话，是两个聪明脑壳打架！"从此我知道对话就是人物所说的普普通通的话，要尽量写得朴素。不要哲理，不要诗意。这样才真实。

沈先生经常说的一句话是："要贴到人物来写。"很多同学不懂他的这句话是什么意思。我以为这是小说学的精髓。据我的理解，沈先生这句极其简略的话包含这样几层意思：小说里，人物是主要的，主导的；其余部分都是派生的，次要的。环境描写、作者的主观抒情、议论，都只能附着于人物，不能和人物游离，作者要和人物同呼吸、共哀乐。作者的心要随时紧贴着人物。什么时候作者的心"贴"不住人物，笔下就会浮、泛、飘、滑，花里胡哨，故弄玄虚，失去了诚意。而且，作者的叙述语言要和人物相协调。写农民，叙述语言要接近农民；写市民，叙述语言要近似市民。小说要避免"学生腔"。

我以为沈先生这些话是浸透了淳朴的现实主义精神的。

沈先生教写作，写的比说的多，他常常在学生的作业后面写很长的读后感，有时会比原作还长。这些读后感有时评析本文得失，也有时从这篇习作说开去，谈及有关创作的问题，见解精到，文笔讲究——一个作家应该不论写什么都写得讲究。这些读后感也都没有保存下来，否则是会比《废邮存底》还有看头的。可惜！

沈先生教创作还有一种方法，我以为是行之有效的。学生写了一个作品，他除了写很长的读后感之外，还会介绍你看一些与你这个作品写法相近似的中外名家的作品。记得我写过一篇不成熟的小说《灯下》，记一个店铺里上灯以后各色人的活动，无主要人物、主要情节，散散漫漫。沈先生就介绍我看了几篇这样的作品，包括他自己写的《腐烂》。学生看看别人是怎样写的，自己是怎样写的，对比借鉴，是会有长进的。这些书都是沈先生找来，带给学生的。因此他每次上课,走进教室里时总要夹着一大摞书。

沈先生就是这样教创作的。我不知道还有没有别的更好的方法教创作。我希望现在的大学里教创作的老师能用沈先生的方法试一试。

学生习作写得较好的,沈先生就做主寄到相熟的报刊上发表。这对学生是很大的鼓励。多年以来,沈先生就干着给别人的作品找地方发表这种事。经他的手介绍出去的稿子,可以说是不计其数了。我在一九四六年前写的作品,几乎全都是沈先生寄出去的。他这辈子为别人寄稿子用去的邮费也是一个相当可观的数目了。为了防止超重太多,节省邮费,他大都把原稿的纸边裁去,只剩下纸芯。这当然不大好看。但是抗战时期,百物昂贵,不能不打这点小算盘。

沈先生教书,但愿学生省点事,不怕自己麻烦。他讲《中国小说史》,有些资料不易找到,他就自己抄,用夺金标毛笔,筷子头大的小行书抄在云南竹纸上。这种竹纸高一尺,长四尺,并不裁断,抄得了,卷成一卷。上课时分发给学生。他上创作课夹了一摞书，上小说史时就夹了好些纸卷。沈先生做事，都是这样，一切自己动手，细心耐烦。他自己说他这种方式是"手工业方式"。他写了那么多作品，后来又写了很多大部头关于文物的著作，都是用这种手工业方式搞出来的。

沈先生对学生的影响，课外比课堂上要大得多。他后来为了躲避日本飞机空袭，全家移住到呈贡桃园新村，每星期上课，进城住两天。文林街二十号联大教职员宿舍有他一间屋子。他一进城，宿舍里几乎从早到晚都有客人。客人多半是同事和学生，客人来，大都是来借书，求字，看沈先生收到的宝贝，谈天。

沈先生有很多书，但他不是"藏书家"，他的书，除了自己看，也是借给人看的。联大文学院的同学，多数手里都有一两本沈先生的书，扉页上用淡墨签了"上官碧"的名字。谁借了什么书，什么时候借的，沈先生是从来不记得的。直到联大"复员"，有些同学的行装里还带着沈先生的书，这些书也就随之而漂流到四面八方了。沈先生书多,而且很杂,除了一般的四部书、中国现代文学、外国文学的译本,社会学、人类学、黑格尔的《小逻辑》、弗洛伊德、亨利·詹姆斯、道教史、陶瓷史、《髹饰录》、《糖霜谱》……兼收并蓄,五花八门。这些书,沈先生大都认真读过。沈先生称自己的学问为"杂知识"。一个作家读书,是应该杂一点的。沈先生读过的书,往往在书后写两行题记。有的是记一个日期,那天天气如何,也有时发一点感慨。有一本书的后面写道:"某月某日,见一大胖女人从桥上过,心中十分难过。"这两句话我一直记得,可是一直不知道是什么意思。大胖女人为什么使沈先生十分难过呢?

沈先生对打扑克简直是痛恨。他认为这样地消耗时间,是不可原谅的。他曾随几位作家到井冈山住了几天。这几位作家成天在宾馆里打扑克,沈先生说起来就很气愤:"在这种地方打扑克!"沈先生小小年纪就学会掷骰子,各种赌术他也都明白,但他后来不玩这些。沈先生的娱乐,除了看看电影,就是写字。他写章草，笔稍偃侧，起笔不用隶法，收笔稍尖，自成一格。他喜欢写窄长的直幅，纸长四尺，阔只三寸。他写字不择纸笔，常用糊窗的高丽纸。他说："我的字值三分钱！"从前要求他写字的，他几乎有求必应。近年有病，不能握管，沈先生的字变得很珍贵了。

沈先生后来不写小说，搞文物研究了，国外、国内，很多人都觉得很奇怪。熟悉沈先生历史的人，觉得并不奇怪。沈先生年轻时就对文物有极其浓厚的兴趣。他对陶瓷的研究甚深，后来又对丝绸、刺绣、木雕、漆器……都有广博的知识。沈先生研究的文物基本上是手工艺制品。他从这些工艺品看到的是劳动者的创造性。他为这些优美的造型、不可思议的色彩、神奇精巧的技艺发出的惊叹，是对人的惊叹。他热爱的不是物，而是人，他对一件工艺品的孩子气的天真激情，使人感动。我曾戏称他搞的文物研究是"抒情考古学"。他八十岁生日，我曾写过一首诗送给他，中有一联："玩物从来非丧志，著书老去为抒情。"是纪实。他有一阵在昆明收集了很多耿马漆盒。这种黑红两色刮花的圆形缅漆盒，昆明多的是，而且很便宜。沈先生一进城就到处逛地摊，选买这种漆盒。他屋里装甜食点心、装文具邮票……的，都是这种盒子。有一次买得一个直径一尺五寸的大漆盒，一再抚摩，说："这可以作一期《红黑》杂志的封面！"他买到的缅漆盒，除了自用，大多数都送人了。有一回，他不知从哪里弄到很多土家族的挑花布，摆得一屋子，这间宿舍成了一个展览室。来看的人很多，沈先生于是很快乐。这些挑花图案天真稚气而秀雅生动，确实很美。

沈先生不长于讲课，而善于谈天。谈天的范围很广，时局、物价……谈得较多的是风景和人物。他几次谈及玉龙雪山的杜鹃花有多大，某处高山绝顶上有一户人家——就是这样一户！他谈某一位老先生养了二十只猫。谈一位研究东方哲学的先生跑警报时带了一只小皮箱，皮箱里没有金银财宝，装的是一个聪明女人写给他的信。谈徐志摩上课时带了一个很大的烟台苹果，一边吃，一边讲，还说："中国东西并不都比外国的差，烟台苹果就很好！"谈梁思成在一座塔上测绘内部结构，差一点从塔上掉下去。谈林徽因发着高烧，还躺在客厅里和客人谈文艺。他谈得最多的大概是金岳霖。金先生终生未娶，长期独身。他养了一只大斗鸡。这鸡能把脖子伸到桌上来，和金先生一起吃饭。他到处搜罗大石榴、大梨。买到大的，就拿去和同事的孩子的比，比输了，就把大梨、大石榴送给小朋友，他再去买……沈先生谈及的这些人有共同特点。一是都对工作、对学问热爱到了痴迷的程度；二是为人天真到像一个孩子，对生活充满兴趣，不管在什么环境下永远不消沉沮丧，无机心，少俗虑。这些人的气质也正是沈先生的气质。"闻多素心人，乐与数晨夕"，沈先生谈及熟朋友时总是很有感情的。

　　文林街文林堂旁边有一条小巷，大概叫作金鸡巷，巷里的小院中有一座小楼。楼上住着联大的同学：王树藏、陈蕴珍（萧珊）、施载宣（萧荻）、刘北汜。当中有个小客厅。这小客厅常有熟同学来喝茶聊天，成了一个小小的沙龙。沈先生常来坐坐。有时还把他的朋友也拉来和大家谈谈。老舍先生从重庆过昆明时，沈先生曾拉他来谈过"小说和戏剧"。金岳霖先生也来过，谈的题目是"小说和哲学"。金先生是搞哲学的，主要是搞逻辑的，但是读很多小说，从普鲁斯特到《江湖奇侠传》。"小说和哲学"这题目是沈先生给他出的。不料金先生讲了半天，结论却是：小说和哲学没有关系。他说《红楼梦》里的哲学也不是哲学。他谈到兴浓处，忽然停下来，说："对不起，我这里有个小动物！"说着把右手从后脖领伸进去，捉出了一只跳蚤，甚为得意。有人问金先生为什么搞逻辑，金先生说："我觉得它很好玩！"

沈先生在生活上极不讲究。他进城没有正经吃过饭，大都是在文林街二十号对面一家小米线铺吃一碗米线。有时加一个西红柿，打一个鸡蛋。有一次我和他上街闲逛，到玉溪街，他在一个米线摊上要了一盘凉鸡，还到附近茶馆里借了一个盖碗，打了一碗酒。他用盖碗盖子喝了一点，其余的都叫我一个人喝了。

沈先生在西南联大是一九三八年到一九四六年。一晃，四十多年了！

一九八六年一月二日上午<br>
载一九八六年第五期《人民文学》

## 闻一多先生上课

闻先生性格强烈坚毅。日寇南侵,清华、北大、南开合成临时大学,在长沙少驻,后改为西南联合大学,将往云南。一部分师生组成步行团,闻先生参加步行,万里长征,他把胡子留了起来,声言:"抗战不胜,誓不剃须。"他的胡子只有下巴上有,是所谓"山羊胡子",而上髭浓黑,近似一字。他的嘴唇稍薄微扁,目光灼灼。有一张闻先生的木刻像,回头侧身,口衔烟斗,用炽热而又严冷的目光审视着现实,很能表达闻先生的内心世界。

联大到云南后,先在蒙自待了一年。闻先生还在专心治学,把自己整天关在图书馆里。图书馆在楼上。那时不少教授爱起斋名,如朱自清先生的斋名叫"贤于博弈斋",魏建功先生的书斋叫"学无不暇斋",有一位教授戏赠闻先生一个斋主的名称:"何妨一下楼主人"。因为闻先生总不下楼。

西南联大校舍安排停当,学校即迁至昆明。

我在读西南联大时,闻先生先后开过三门课:楚辞、唐诗、古代神话。

楚辞班人不多。闻先生点燃烟斗,我们能抽烟的也点着了烟(闻先生的课可以抽烟的),闻先生打开笔记,开讲:"痛饮酒,熟读《离骚》,乃可以为名士。"闻先生的笔记本很大,长一尺有半,宽近一尺,是写在特制的毛边纸稿纸上的。字是正楷,字体略长,一笔不苟。他写字有一特点,是爱用秃笔。别人用过的废笔,他都收集起来,秃笔写篆楷蝇头小字,真是一个功夫。我跟闻先生读一年《楚辞》,真读懂的只有两句"袅袅兮秋风，洞庭波兮木叶下"。也许还可加上几句："成礼兮会鼓，传葩兮代舞，春兰兮秋菊，长毋绝兮终古。"

闻先生教古代神话，非常"叫座"。不单是中文系的、文学院的学生来听讲，连理学院，工学院的同学也来听。工学院在拓东路，文学院在大西门，听一堂课得穿过整整一座昆明城。闻先生讲课"图文并茂"。他用整张的毛边纸墨画出伏羲、女娲的各种画像，用摁钉钉在黑板上，口讲指画，有声有色，条理严密，文采斐然，高低抑扬，引人入胜。闻先生是一个好演员。伏羲女娲，本来是相当枯燥的课题，但听闻先生讲课让人感到一种美，思想的美，逻辑的美，才华的美。听这样的课，穿一座城，也值得。

能够像闻先生那样讲唐诗的，并世无第二人。他也讲初唐四杰、大历十才子、《河岳英灵集》，但是讲得最多，也讲得最好的，是晚唐。他把晚唐诗和后期印象派的画联系起来。讲李贺，同时讲到印象派里的 pointillism（点画派），说点画看起来只是不同颜色的点，这些点似乎不相连属，但凝视之，则可感觉到点与点之间的内在联系。这样讲唐诗，必须本人既是诗人，也是画家，有谁能办到？闻先生讲唐诗的妙悟，应该记录下来。我是个大大咧咧的人，上课从不记笔记。听说比我高一班的同学郑临川记录了，而且整理成一本《闻一多论唐诗》，出版了，这是大好事。

我颇具歪才，善能胡诌，闻先生很欣赏我。我曾替一个比我低一班的同学代笔写了一篇关于李贺的读书报告——西南联大一般课程都不考试，只于学期终了时交一篇读书报告即可给学分。闻先生看了这篇读书报告后，对那位同学说："你的报告写得很好，比汪曾祺写得还好！"其实我写李贺，只写了一点：别人的诗都是画在白底子上的画，李贺的诗是画在黑底子上的画，故颜色特别浓烈。这也是西南联大许多教授对学生鉴别的标准：不怕新，不怕怪，而不尚平庸，不喜欢人云亦云，只抄书，无创见。

一九九七年三月十二日
载一九九七年五月三十日《南方周末》

## 师恩母爱
——怀念王文英老师


五小(县立第五小学)创立了我们县的第一所幼儿园(当时叫作"幼稚园"),我是幼稚园第一届的学生。幼稚园是新建的,什么都是新的。新的瓦顶,新的砖墙,新的大窗户,新的地板。地板是油漆过的,地板上用白漆漆了一个很大的圆圈。地板门窗发出很好闻的木料的香味。这是我们的教室。教室一边是放玩具的安了玻璃窗的柜橱,一边是一架风琴。教室门前是一片草坪。草坪一侧是滑梯、跷跷板(当时叫作"轩轾板",这名称很文,我们都不知道为什么叫这样的名称),沙坑,另一侧有一根粗大的木柱,木柱有顶,中有铁轴,可转动。柱顶垂下七八根粗麻绳,小朋友手握麻绳,快走几步,两脚用力蹬地,两腿蜷缩,人即腾起,围着木柱而转。这件体育器材叫作"巨人布"。我至今不明白这东西怎么会叫这样一个奇怪名字,而且我以后再也没有见过这样的奇怪东西。这就是我们的幼稚园,我们真正的乐园。

幼稚园也上下课。课业内容是唱歌、跳舞、游戏。教我们唱歌游戏的是王先生(那时没有"阿姨"这种称呼),名文英,最初学的是简单的短歌:

拉锯,送锯,
你来我去。
拉一把,推一把,
哗啦哗啦起风啦,
小小狗,快快走;
小小猫,快快跑。

后来学了带一点情节性的表演唱：

母亲要外出，嘱咐孩子关好门，有人叫门，不要开。

狼来了，唱唱：

小孩子乖乖，
把门儿开开，
快点儿开开，
我要进来。

不开不开不能开，
母亲不回来，
谁也不能开！

狼依次叫小兔子乖乖、小羊儿乖乖开门，他们都不开。最后叫小螃蟹：

小螃蟹乖乖，

>   把门儿开开，
>
>   快点儿开开，
>
>   我要进来。

小螃蟹答应：

"就开就开我就开——"

小螃蟹开了门，"啊呜！"狼一口把它吃掉了。

合唱：

>   可怜小螃蟹，
>
>   从此不回来！

最后就能排演有歌有舞，有舞台动作的小歌剧《麻雀和小孩》了。

开头是老麻雀教小麻雀学飞：

飞飞，飞飞，慢慢飞。
要上去就要把头抬，
要下来尾巴摆一摆，
这个样子飞到这里来。

老麻雀出去寻食，老不回来。小孩上，问小麻雀：

小麻雀呀，
你的母亲哪里去了？

小麻雀答：

我的母亲打食去了，
还不回来，
饿得真难受。

小孩把小麻雀接回去，给它喂食充饥。

老麻雀回来,发现女儿不见了,十分焦急,唱:

啊呀不好了,

女儿不见了!

焦焦,

女儿,

年纪小,

不会高飞上树梢。

渺渺茫茫路远山遥……

小孩把小麻雀送回来,老麻雀看见女儿,非常高兴,问它是不是饿坏了。女儿说小孩人很好,给它喂了食:

小青虫,小青豆,

吃了一个饱,

我的妈妈呀!

老麻雀感谢小孩。

全剧终。

剧情很简单，音乐曲调也很简单，但是感情却很丰富，麻雀母女之情，小孩的善良仁爱，都在小朋友的心灵中留下深刻长久的影响。

所有的歌舞表演都是王文英先生一句一句地教会的。我们在表演时，王先生踏风琴伴奏。我至今听到风琴声音还是很感动。

我在五小毕业，后来又读了初中、高中，人也大了，就很少到幼稚园去看看。十九岁离乡，四方漂泊，一直没有回去过。我一直没有再见过王先生。她和我的初中的教国文的张道仁先生结了婚，我是大了以后才知道的。

一九八一年秋，我应邀回阔别多年的家乡讲学，带了一点北京的果脯去看王先生和张先生，并给他们各送了一首在招待所急就的诗。给王先生的一首不文不白，毫无雕饰。第二天，张先生带着两瓶酒到招待所来看我，我说哪有老师来看学生的道理，还带了酒！张先生说，是王先生一定要他送来的。说王先生看了我的诗，哭了一晚上。这首诗全诗是：

  小孩子乖乖，把门儿开开，
   歌声犹在，耳边徘徊。
  我今亦老矣，白髭盈腮，
  念一生美育，从此培栽，
  师恩母爱，岂能忘怀！
  愿吾师康健，长寿无灾。

  张先生说，王先生对他说："我教过那么多学生，长大了，还没有一个来看过我的！"王先生指着"师恩母爱，岂能忘怀"对张先生说："他进幼稚园的时候还戴着他妈妈的孝！"我这才知道王先生为什么对我特别关心，特别喜爱。张先生反复念了这两句，连说："师恩母爱！师恩母爱！"

  王先生已经去世几年了。我不知道她的准确的寿数，但总是八十以上了。

我觉得幼儿园的老师对小朋友都应该有这样的"师恩母爱"。

一九九六年八月
载一九九六年九月九日《江苏教育报》

# 金岳霖先生

西南联大有许多很有趣的教授，金岳霖先生是其中的一位。金先生是我的老师沈从文先生的好朋友。沈先生当面和背后都称他为"老金"。大概时常来往的熟朋友都这样称呼他。关于金先生的事，有一些是沈先生告诉我的。我在《沈从文先生在西南联大》一文中提到过金先生。有些事情在那篇文章里没有写进，觉得还应该写一写。

金先生的样子有点怪。他常年戴着一顶呢帽，进教室也不脱下。每一学年开始,给新的一班学生上课,他的第一句话总是:"我的眼睛有毛病,不能摘帽子,并不是对你们不尊重,请原谅。"他的眼睛有什么病,我不知道,只知道怕阳光。因此他的呢帽的前檐压得比较低,脑袋总是微微地仰着。他后来配了一副眼镜,这副眼镜一只的镜片是白的,一只是黑的。这就更怪了。后来在美国讲学期间把眼睛治好了——好一些,眼镜也换了,但那微微仰着脑袋的姿态一直还没有改变。他身材相当高大,经常穿一件烟草黄色的麂皮夹克,天冷了就在里面围一条很长的驼色的羊绒围巾。联大的教授穿衣服是各色各样的。闻一多先生有一阵穿一件式样过时的灰色旧夹袍,是一个亲戚送给他的,领子很高,袖口极窄。联大有一次在龙云的长子,蒋介石的干儿子龙绳武家里开校友会——龙云的长媳是清华校友,闻先生在会上大骂:"蒋介石,王八蛋!混蛋!"那天穿的就是这件高领窄袖的旧夹袍。朱自清先生有一阵披着一件云南赶马人穿的蓝色毡子的一口钟①。除了体育教员,教授里穿夹克的,好像只有金先生一个人。他的眼神即使是到美国治了后也还是不大好,走起路来有点深一脚浅一脚。他就这样穿着黄夹克,微仰着脑袋,深一脚浅一脚地在联大新校舍的一条土路上走着。

金先生教逻辑。逻辑是西南联大规定文学院一年级学生的必修课,班上学生很多,上课在大教室,坐得满满的。在中学里没有听说有逻辑这门学问,大一的学生对这课很有兴趣。金先生上课有时要提问,那么多的学生,他不能都叫得上名字来——联大是没有点名册的,他有时一上课就宣布:"今天,穿红毛衣的女同学回答问题。"于是所有穿红衣的女同学就都有点紧张,又有点兴奋。那时联大女生在蓝阴丹士林旗袍外面套一件红毛衣成了一种风气——穿蓝毛衣、黄毛衣的极少。问题回答得流利清楚,也是件出风头的事。金先生很注意地听着,完了,说:"Yes!

---

① 一口钟:披在肩上的无袖外衣,多宽大,用于御寒。

请坐！"

学生也可以提出问题，请金先生解答。学生提的问题深浅不一，金先生有问必答，很耐心。有一个华侨同学叫林国达，操广东普通话，最爱提问题，问题大都奇奇怪怪。他大概觉得逻辑这门学问是挺"玄"的，应该提点怪问题。有一次他又站起来提了一个怪问题，金先生想了一想，说："林国达同学，我问你一个问题：'Mr. 林国达 is perpendicular to the blackboard（林国达君垂直于黑板）'，这什么意思？"林国达傻了。林国达当然无法垂直于黑板，但这句话在逻辑上没有错误。

林国达游泳淹死了。金先生上课，说："林国达死了，很不幸。"这一堂课，金先生一直没有笑容。

有一个同学，大概是陈蕴珍，即萧珊，曾问过金先生："您为什么要搞逻辑？"逻辑课的前一半讲三段论，大前提、小前提、结论、周延、不周延、归纳、演绎……还比较有意思。后半部全是符号，简直像高等数学。她的意思是：这种学问多么枯燥！金先生的回答是:"我觉得它很好玩。"

除了文学院大一学生必修逻辑,金先生还开了一门"符号逻辑",是选修课。这门学问对我来说简直是天书。选这门课的人很少,教室里只有几个人。学生里最突出的是王浩。金先生讲着讲着,有时会停下来,问:"王浩,你以为如何?"这堂课就成了他们师生二人的对话。王浩现在在美国。前些年写了一篇关于金先生的较长的文章,大概是论金先生之学的,我没有见到。

王浩和我是相当熟的。他有个要好的朋友王景鹤,和我同在昆明黄土坡一个中学教书,王浩常来玩。来了,常打篮球。大都是吃了午饭就打。王浩管吃了饭就打球叫"练盲肠"。王浩的相貌颇"土",脑袋很大,剪了一个光头——联大同学剪光头的很少,说话带山东口音。他现在成了洋人——美籍华人,国际知名的学者,我实在想象不出他现在是什么样子。前年他回国讲学,托一个同学要我给他画一张画。我给他画了几个青头菌、牛肝菌、一根大葱、两头蒜,还有一块很大的宣威火腿——火腿是很少入画的。我在画上题了几句话,有一句是"以慰王浩异国乡情"。王浩的学问,原来是师承金先生的。一个人一生哪怕只教出一个好学生,也值得了。当然,金先生的好学生不止一个人。

金先生是研究哲学的,但是他看了很多小说。从普鲁斯特到福尔摩斯,都看。听说他很爱看平江不肖生的《江湖奇侠传》。有几个联大同学住在金鸡巷,陈蕴珍、王树藏、刘北汜、施载宣(萧荻)。楼上有一间小客厅。沈先生有时拉一个熟人去给少数爱好文学、写写东西的同学讲一点什么。金先生有一次也被拉了去。他讲的题目是《小说和哲学》。题目是沈先生给他出的。大家以为金先生一定会讲出一番道理。不料金先生讲了半天,结论却是:小说和哲学没有关系。有人问:"那么《红楼梦》呢?"金先生说:"《红楼梦》里的哲学不是哲学。"他讲着讲着,忽然停下来:"对不起,我这里有个小动物。"他把右手伸进后脖颈,捉出了一个跳蚤,捏在手指里看看,甚为得意。

金先生是个单身汉（联大教授里不少光棍，杨振声先生曾写过一篇游戏文章《释鳏》，在教授间传阅），无儿无女，但是过得自得其乐。他养了一只很大的斗鸡（云南出斗鸡）。这只斗鸡能把脖子伸上来，和金先生一个桌子吃饭。他到处搜罗大梨、大石榴，拿去和别的教授的孩子比赛。比输了，就把梨或石榴送给他的小朋友，他再去买。

金先生朋友很多，除了哲学家的教授外，时常来往的，据我所知，有梁思成、林徽因夫妇，沈从文，张奚若……君子之交淡如水，坐定之后，清茶一杯，闲话片刻而已。金先生对林徽因的谈吐才华，十分欣赏。现在的年轻人多不知道林徽因。她是学建筑的，但是对文学的趣味极高，精于鉴赏，所写的诗和小说如《窗子以外》《九十九度中》风格清新，一时无二。林徽因死后，有一年，金先生在北京饭店请了一次客，老朋友收到通知，都纳闷：老金为什么请客？到了之后，金先生才宣布："今天是徽因的生日。"

金先生晚年深居简出。毛主席曾经对他说:"你要接触接触社会。"金先生已经八十岁了,怎么接触社会呢?他就和一个蹬平板三轮车的约好,每天蹬着他到王府井一带转一大圈。我想象金先生坐在平板三轮上东张西望,那情景一定非常有趣。王府井人挤人,熙熙攘攘,谁也不会知道这位东张西望的老人是一位一肚子学问、为人天真、热爱生活的大哲学家。

金先生治学精深,而著作不多。除了一本大学丛书里的《逻辑》,我所知道的,还有一本《论道》。其余还有什么,我不清楚,须问王浩。

我对金先生所知甚少。希望熟知金先生的人把金先生好好写一写。

联大的许多教授都应该有人好好地写一写。

一九八七年二月二十三日
载一九八七年第五期《读书》

# 五

# 汪曾祺讲写作

# 导读

记录人物及生活，需要的不仅是好记性，还有成熟的写作技巧。当我们在语文考试的过程中，面对作文题抓耳挠腮时，我们往往会想到很多——历史典故、清新草木、动物野趣、个性人物，可一到落笔时，却往往难书一字。所以，我们并非无事可写，只是不知如何表达。而视写作为生命的汪曾祺，有很多经验和技巧和大家分享。他讲述自己的创作生涯，诠释"写小说就是写语言""就是要把一件平平淡淡的事说得很有情致"；他探讨小说的思想和语言，认为"生活是第一位的。有生活，就可以头头是道，横写竖写都行；没有生活，就会捉襟见肘，或者，瞎编"；他在历史和生活中寻找实例，介绍"呼应""含藏"等小说技巧；他介绍自己读杂书的经验，号召大家扩充知识面。对汪老来说，写作从不是闭门造车，而是建立在对生活的积淀之上，因为"人世间有许多事，想一想，觉得很有意思。把这样的事记下来或说出来，便挺幽默"。

# 我的创作生涯

我生在一个地主家庭。祖父是清朝末科的拔贡——从他那一科以后,就"废科举,改学堂"了。他对我比较喜欢。有一年暑假,他忽然高了兴,要亲自教我《论语》。我还在他手里"开"了"笔",做过一些叫作"义"的文体的作文。"义"就是八股文的初步。我写的那些作文里有一篇我一直还记得:"'孟之反不伐'义"。孟子反随国君出战,兵败回城,他走在最后。事后别人给他摆功,他说:"非敢后也,马不进也。"为什么我对孟子反不伐其功留下深刻的印象呢？现在想起来，这一小段《论语》是一篇极短的小说：有人物，有情节，有对话。小说，或带有小说色彩的文章，是会给人留下深刻的印象的。并且，这篇极短的小说对我的品德的成长，是有影响的。小说，对人是有作用的。我在后面谈到文学功能的问题时还会提到。我的父亲是个很有艺术气质的人。他会画画，刻图章，拉胡琴，摆弄各种乐器，糊风筝。他糊的蜈蚣（我们那里叫作"百脚"）是用胡琴的老弦放的。用胡琴弦放风筝，我还没有见过第二人。如果说我对文学艺术有一点"灵气"，大概跟我从父亲那里接受来的遗传基因有点关系。我喜欢看我父亲画画。我喜欢"读"画帖。我家里有很多有正书局珂罗版影印的画帖，我就一本一本地反复地看。我从小喜欢石涛和恽南田，不喜欢仇十洲，也不喜欢王石谷。倪云林我当时还看不懂。我小时也"以画名"，一直想学画。高中毕业后，曾想投考当时在昆明的杭州美专。直到四十多岁，我还想彻底改行，到中央美术学院从头学画。我的喜欢看画,对我的文学创作是有影响的。我把作画的手法融进了小说。有的评论家说我的小说有"画意",这不是偶然的。我对画家的偏爱,也对我的文学创作有影响。我喜欢疏朗清淡的风格,不喜欢繁复浓重的风格,对画,对文学,都如此。

一个人成为作家,跟小时候所受的语文教育,跟所师事的语文教员很有关系。从小学五年级到初中三年级,教我们语文(当时叫作"国文"),都是高北溟先生。我有一篇小说《徙》,写的就是高先生。小说,当然会有虚构,但是基本上写的是高先生。高先生教国文,除了部定的课本外,自选讲义。我在《徙》里写他"所选的文章看来有一个标准:有感慨,有性情,平易自然。这些文章有一个贯穿性的思想倾向,这种倾向大体上可以归结为'人道主义'",是不错的。他很喜欢归有光,给我们讲了《先妣事略》《项脊轩志》。我到现在还记得他讲到"世乃有无母之人,天乎痛哉""庭有枇杷树,吾妻死之年所手植也,今已亭亭如盖矣"的时候充满感情的声调。有一年暑假,我每天上午到他家里学一篇古文,他给我讲的是"板桥家书""板桥道情"。我的另一位国文老师是韦子廉先生。韦先生没有在学校里教过我。我的三姑父和他是朋友,一年暑假请他到家里来教我和我的一个表弟。韦先生是我们县里有名的书法家,写魏碑,他又是一个桐城派。韦先生让我每天写大字一页,写《多宝塔》。他教我们古文,全部是桐城派。我到现在还能背诵一些桐城派古文的片段。印象最深的是姚鼐的《登泰山记》。"苍山负雪,明烛天南。望晚日照城郭,汶水、徂徕如画,而半山居雾若带然。""苍山负雪,明烛天南",我当时就觉得写得非常的美。这几十篇桐城派古文,对我的文章的洗练,打下了比较坚实的基础。

一九三八年,我们一家避难在乡下,住在一个小庙,就是我的小说《受戒》所写的庵子里。除了准备考大学的数理化教科书外,所带的书只有两本,一本屠格涅夫的《猎人笔记》,一本《沈从文选集》,我就反反复复地看这两本书,这两本书对我后来的写作,影响极大。

一九三九年，我考入西南联大的中国文学系，成了沈从文先生的学生。沈先生在联大开了三门课，一门"各体文习作"，是中文系二年级必修课；一门"创作实习"，一门"中国小说史"。沈先生是凤凰人，说话湘西口音很重，声音又小，简直听不清他说的是什么。他讲课可以说是毫无系统。没有课本，也不发讲义。只是每星期让学生写一篇习作，第二星期上课时就学生的习作讲一些有关的问题。"创作实习"由学生随便写什么都可以，"各体文习作"有时会出一点题目。我记得他给我的上一班出过一个题目："我们的小庭院有什么"。有几个同学写的散文很不错，都由沈先生介绍在报刊上发表了。他给我的下一班出过一个题目，这题目有点怪："记一间屋子的空气"。我那一班他出过什么题目，我倒记不得了。沈先生的这种办法是有道理的，他说："先得学会车零件，然后才能学组装。"现在有些初学写作的大学生，一上来就写很长的大作品，结果是不吸引人，不耐读，原因就是"零件"车得少了,基本功不够。沈先生讲创作,讲得最多的一句话,是"要贴到人物写"。我们有的同学不懂这话是什么意思。照我的理解,他的意思是:小说里,人物是主要的,主导的;其余部分都是次要的,派生的。作者的感情要随时和人物贴得很紧,和人物同呼吸,共哀乐。不能离开人物,自己去抒情,发议论。作品里所写的景象,只是人物生活的环境。所写之景,既是作者眼中之景,也是人物眼中之景,是人物所能感受的,并且是浸透了他的哀乐的。环境,不能和人物游离,脱节。用沈先生的说法,是不能和人物"不相黏附"。他的这个意思,我后来把它说成为"气氛即人物"。这句话有人觉得很怪,其实并不怪。作品的对话得是人物说得出的话,如李笠翁所说:"写一人即肖一人之口吻。"我们年轻时往往爱把对话写得很美,很深刻,有哲理,有诗意。我有一次写了这样一篇习作,沈先生说:"你这不是对话,是两个聪明脑壳打架。"对话写得越平常,越简单,越好。托尔斯泰说过:"人是不能用警句交谈的。"如果有两个人在火车站上尽说警句,旁边的人大概会觉得这二位有神经病。沈先生这句简单的话,我以为是富有深刻的现实主义精神的。沈先生教写作,用笔的时候比用口的时候多。他常常在学生的习作后面写很长的读后感(有时比原作还长)。或谈这篇作品,或由此生发开去,谈有关的创作问题。这些读后感都写得很精彩,集中在一起,会是一本很漂亮的文论集。可惜一篇也没有保存下来,都失散了。沈先生教创作,还有一个独到的办法。看了学生的习作,找了一些中国和外国作家用类似的方法写成的作品,让学生看,看看人家是怎么写的。我记得我写过一篇《灯下》(这可能是我发表的第一篇小说),写一个小店铺在上灯以后各种人物的言谈行动,无主要人物,主要情节,散散漫漫,是所谓"散点透视"吧。沈先生就找了几篇这样写法的作品叫我看,包括他自己的《腐烂》。这样引导学生看作品,可以对比参照,触类旁通,是会收到很大效益,很实惠的。

创作能不能教,这是一个世界性的争论的问题。

我以为创作不是绝对不能教，问题是谁来教，用什么方法教。教创作的，最好本人是作家。教，不是主要靠老师讲，单是讲一些概论性的空道理，大概不行。主要是让学生去实践，去写，自己去体会。沈先生把他的课程叫作"习作""实习"，是有道理的。沈先生教创作的方法，我以为不失为一个较好的方法。

我二十岁开始发表作品，今年七十岁了，写作生涯整整经过了半个世纪。但是写作的数量很少。我的写作中断了几次。有人说我的写作经过了一个三级跳，可以这样说。四十年代写了一些。六十年代初写了一些。当中搞了十年"样板戏"。八十年代后小说、散文写得比较多。有一个朋友的女儿开玩笑说"汪伯伯是大器晚成"。我绝非"大器"——我从不写大作品，"晚成"倒是真的。文学史上像这样的例子不是很多。不少人到六十岁就封笔了，我却又重新开始了。是什么原因，这里不去说它。

有一位评论家说我是唯美的作家。"唯美"本不是属于"坏话类"的词，但在中国的名声却不大好。

这位评论家的意思无非是说我缺乏社会责任感、使命感，我的作品没有强烈的现实意义和教育作用。我于此别有说焉。教育作用有多种层次。有的是直接的。比如看了《白毛女》，义愤填膺，当场报名参军打鬼子。也有的是比较间接的。一个作品写得比较生动，总会对读者的思想感情、品德情操产生这样那样的作用。比如读了孟之反不伐，我不会立刻变得谦虚起来，但总会觉得这是高尚的。作品对读者的影响常常是潜在的，过程很复杂，是所谓"潜移默化"。正如杜甫诗《春夜喜雨》中所说："随风潜入夜，润物细无声。"我曾经说过，我希望我的作品能有益于世道人心；我希望使人的感情得到滋润，让人觉得生活是美好的，人，是美的，有诗意的。你很辛苦，很累了，那么坐下来歇一会，喝一杯不凉不烫的清茶——读一点我的作品。我对生活，基本上是一个乐观主义者，我认为人类是有前途的，中国是会好起来的。我愿意把这些朴素的信念传达给人。我没有那么多失落感、孤独感、荒谬感、绝望感。我写不出卡夫卡的

《变形记》那样痛苦的作品,我认为中国也不具备产生那样的作品的条件。

一个当代作家的思想总会跟传统文化、传统思想有些血缘关系。但是作家的思想是一个复合体,不会专宗哪一种传统思想。一个人如果相信禅宗佛学,那他就出家当和尚去得了,不必当作家。废名晚年就是信佛的,虽然他没有出家。有人说我受了老庄思想的影响,可能有一些。我年轻时很爱读《庄子》。但是我自己觉得,我还是受儒家思想影响比较大一些。我觉得孔子是个通人情,有性格的人,他是个诗人。我不明白,为什么研究孔子思想的人,不把他和"删诗"联系起来。他编选了一本抒情诗的总集——《诗经》,为什么?我很喜欢《论语·曾晳、冉有、公西华侍坐》,"暮春者,春服既成,冠者五六人,童子六七人,浴乎沂,风乎舞雩,咏而归",曾晳的这种潇洒自然的生活态度是很美的。这倒有点近乎庄子的思想。我很喜欢宋儒的一些诗:"万物静观皆自得,四时佳兴与人同""顿觉眼前生意满,须知世上苦人多"。"生意满",故可欣喜,"苦人多",应该同情。我的小说所写的都是一些小人物、"小儿女",我对他们充满了温爱,充满了同情。我曾戏称自己是一个"中国式的抒情人道主义者",大致差不离。

前几年,北京市作协举行了一次我的作品的讨论会,我在会上作了一个简短的发言,题目是"回到现实主义,回到民族传统"。为什么说"回到"呢?因为我在年轻时曾经受过西方现代派的影响。中国台湾一家杂志在转载我的小说的前言中,说我是中国最早使用意识流的作家。不是这样。在我以前,废名、林徽因都曾用过意识流方法写过小说。不过我在二十多岁时的确有意识地运用了意识流。我的小说集第一篇《复仇》和中国台湾出版的《茱萸集》的第一篇《小学校的钟声》,都可以看出明显的意识流的痕迹。后来为什么改变原先的写法呢?有社会的原因,也有我自己的原因。简单地说:我是一个中国人。我觉得一个民族和另一个民族无论如何不会是一回事。中国人学习西方文学,绝不会像西方文学一样,除非你侨居外国多年，用外国话思维。我写的是中国事，用的是中国话，就不能不接受中国传统，同时也就不能不带有现实主义色彩。语言，是民族传统的最根本的东西。不精通本民族的语言，就写不出具有鲜明的民族特点的文学。但是我所说的民族传统是不排除任何外来影响的传统，我所说的现实主义是能容纳各种流派的现实主义。比如现代派、意识流，本身并不是坏东西。我后来不是完全排除了这些东西。我写的小说《求雨》，写望儿的父母盼雨。他们的眼睛是蓝的，求雨的望儿的眼睛是蓝的，看着求雨的孩子的过路人的眼睛也是蓝的，这就有点现代派的味道。《大淖记事》写巧云被奸污后错错落落，飘飘忽忽的思想，也还是意识流。不过，我把这些融入了平常的叙述语言之中了，不使它显得"硌生"。我主张纳外来于传统，融奇崛于平淡，以俗为雅，以故为新。

关于写作艺术，今天不想多谈，我也还没有认真想过，只谈一点：我非常重视语言，也许我把语言的重要性推到了极致。我认为语言不只是形式，本身便是内容。语言和思想是同时存在，不可剥离的。语言不仅是所谓"载体"，它是作品的本体。一篇作品的每一句话，都浸透了作者的思想感情。我曾经说过一句话：写小说就是写语言。语言是一种文化现象。谁也没有创造过一句全新的语言。古人说：无一字无来历。我们的语言都是有来历的，都是从前人的语言里继承下来，或经过脱胎、翻改。语言的后面都有文化的积淀。一个人的文化修养越高，他的语言所传达的信息就会更多。毛主席写给柳亚子的诗"落花时节读华章"，"落花时节"不只是落花的时节，这是从杜甫《江南逢李龟年》里化用出来的。杜甫的原诗是：

岐王宅里寻常见，
崔九堂前几度闻。
正是江南好风景，
落花时节又逢君。

"落花时节"就包含了久别重逢的意思。

语言要有暗示性,就是要使读者感受到字面上所没有写出来的东西,即所谓言外之意,弦外之音。朱庆余的《近试上张水部》,写的是一个新嫁娘:

洞房昨夜停红烛,
待晓窗前拜舅姑。
妆罢低声问夫婿,
画眉深浅入时无?

诗里并没有写出这个新嫁娘长得怎么样,但是宋人诗话里就指出,这一定是一个绝色的美女。因为字里行间已经暗示出来了。语言要能引起人的联想,可以让人想见出许多东西。因此,不要把可以不写的东西都写出来,那样读者就没有想象余地了。

语言是流动的。

有一位评论家说:汪曾祺的语言很怪,拆开来没有什么,放在一起,就有点味道。我想谁的语言都是这样,每一句都是平常普通的话,问题就在"放在一起"，语言的美不在每一个字，每一句，而在字与字之间，句与句之间的关系。包世臣论王羲之的字，说他的字单看一个一个的字，并不觉得怎么美，甚至不很平整，但是字的各部分，字与字之间"如老翁携带幼孙，顾盼有情，痛痒相关"。文学语言也是这样，句与句，要互相联带，互相顾盼。一篇作品的语言是一个整体，是有内在联系的。文学语言不是像砌墙一样，一块砖一块砖叠在一起，而是像树一样，长在一起的，枝干之间，汁液流转，一枝动，百枝摇。语言是活的。中国人喜欢用流水比喻行文。苏东坡说"大略如行云流水""吾文如万斛泉源"。说一个人的文章写得很顺，不疙里疙瘩的，叫作"流畅"。写一个作品最好全篇想好，至少把每一段想好，不要写一句想一句。那样文气不容易贯通，不会流畅。

# 小说的思想和语言

有的作家、评论家问我,小说里边最重要的是什么?我说最重要的是思想。思想就是作家对生活的看法、感受和对生活的思索。我觉得,小说的形成当然首先得有生活。我比较同意老的提法:从生活出发。但是,有了生活不等于可以写作品,更重要的是对这段生活经过比较长时间的思索,它到底有什么意义?写作要经过一个时期的酝酿或积淀,所谓酝酿和积淀,实际上就是思索的过程。有的人生活很丰富,但他并没有成为一个作家。我在内蒙古认识一个同志,这个同志的生活真是丰富。他在抗日战争时期打过游击,年轻时候从内蒙古到新疆拉过骆驼。他见多识广,而且会唱很多民歌。草原上的草有很多种,他都能认识。他对草的知识不亚于一个牧民。他是好饭量、好酒量、好口才,很能说话,说得很生动。他说过很多有关动物的故事,不像拉封丹写的寓言式的故事,是生活里的故事,关于羊的啰、狼的啰、母猪的啰,他可以说很多,但是他不会写作。为什么呢?因为他不善于思索。我觉得要形成一个作品,更重要的是对于你所接触的那段生活经过长时期的思索。有时候,我写作品很快,几乎不打草稿,一遍就成,但是我想的时间很长……

我还写过一篇小说,是写我在昆明见到的一个小孩。那小孩未成年,应该是学龄儿童,可他已挣钱养家,因为他家生活很苦,他老挎一个椭圆形的木桶,卖椒盐饼子西洋糕。所谓椒盐饼子就是普通的发面饼子,里面和点椒盐,西洋糕就是发糕。他一边走一边吆喝卖,我几乎每天都听到他吆喝。他是有腔有调的:"椒盐饼子西洋糕。"谱了出来就是"556—6532"。这篇小说我前后写了四次。结尾是,有一天,这孩子放假,他姥姥过生日,他上姥姥家去吃饭,衣服穿得干干净净的,新剃了头。他卖椒盐饼子西洋糕时,街上和他差不多年龄的上学的孩子都学着他唱,不过歌词给他改了:"捏着鼻子吹洋号。"他跟孩子们也没法生气。放假那天,他走到一个胡同里头,回头看没有人,自己也捏着鼻子,大喝了一声:"捏着鼻子吹洋号。"写了以后觉得不够丰满,我就把在昆明所接触的各种叫卖声、吆喝声,如卖壁虱药的、卖蚊香的、卖玉麦粑粑的、收破烂的,写了一长串,作为小孩的叫卖声的背景。这样写就比较丰满,主题就扩展了一些,变成:人世多苦辛。很多人活着都是很辛苦的,包括这个小孩,那么小他就被剥夺了读书、游戏的机会。

我的小说《受戒》,写的是四十三年前的一个梦,那篇小说的生活,是四十三年前接触到的。为什么隔了四十三年？隔了四十三年我反复思索，才比较清楚地认识我所接触的生活的意义。闻一多先生曾劝诫人，当你们写作欲望冲动很强的时候，最好不要写，让它冷却一下。所谓冷却一下，就是放一放，思索一下，再思索一下。现在我看了一些年轻作家的作品，觉得写得太匆忙，他还可以想得更多一些。

## 关于小说的主题问题

我在山东菏泽有一次讲话，讲完话之后有一个年轻的作家给我写过一个条子，说："汪曾祺同志，请您谈谈无主题小说。"他的意思很清楚，他以为我的小说是无主题的。我的小说不是无主题，我没有写过无主题小说。

我写过一组小说，其中一篇叫《珠子灯》，写的是姑娘出嫁第一年的元宵节，娘家得给她送一盏灯的习俗。这家少奶奶，娘家给她送的灯里有一盏是绿玻璃珠子穿起来的灯。这灯应该每年点一回，可她这盏灯就只点过一次，因为她丈夫很快就死了。我写她的玻璃珠子穿的灯有的地方脱线了，珠子就掉下来了，掉在地板上，她的女佣人去扫地，有时就可以扫出一些珠子，她也习惯了珠子散线时掉下来的声音。后来她死了，她的房子关起来，屋子里什么东西都没动，可在房门外有时候能听到珠子脱线嘀嘀嗒嗒地掉到地板上的声音。这写的就是封建贞操观念的零落。我的作品还是有主题的。

　　我觉得，没有主题，作品无法贯穿。我曾打过一个比喻，主题就好像是风筝的脑线，作品就是风筝。没有脑线，风筝放不上去，脑线剪断，风筝就不知飞到哪去了。脑线既是帮助作品飞起来的重要因素，同时又给作品一定的制约。好像我们倒杯酒，你只能倒在酒杯里，不能往玻璃板上倒，倒在玻璃板上怎么喝？无主题就有点像把酒倒在玻璃板上。当然，有些主题确实不大容易说得清楚。人家问高晓声他小说的主题是什么？他说："我要能把主题告诉你，何必写小说，我就把主题写给你就行了。"

综观一些作家的作品，大致总有一个贯穿性的主题。比如契诃夫，写了那么多短篇小说，他也有一个贯穿性的主题，这个贯穿性的主题就是"反庸俗"。高尔基说，契诃夫好像站在路边微笑着对走过的人说："你们可不能再这样生活下去了。"这就是他总结的契诃夫整个小说的贯穿性主题。鲁迅作品贯穿性的主题很清楚，即"揭示社会的病痛，引起疗救的注意"。我的老师沈从文先生，他作品的贯穿性主题是"民族品德的发现和重造"。

另外，跟思想主题有关系的就是作家的使命感、社会责任感，或者作品的社会功能。没有社会功能，他的小说能激发人什么？我是意识到作家的社会责任感的。有人说：我就是写我自己的，不管自己的作品在社会上起什么作用。我认为这是不负责任的。作品产生的作用往往是不一样的，有的比较直接，有的比较间接，有的比较明显，有的比较隐晦。有的作品确实能让人当场看了比较激动，有所行动。比如解放区农村上演《白毛女》，人们看了非常气愤，当时报名参军，上前线打敌人，给白毛女报仇。这个作用当然就很直接。但有很多小说从接受心理学来说，起的作用不是那么太直接，就好像中国的古话"潜移默化"。一个作品给人的思想情绪总会有影响，要不就是积极的，要不就是消极的。一个作品如果使人觉得活着还是比较有意义的，人还是很美、很富于诗意的，能够使人产生一种健康向上的力量，它的影响就是积极的。尽管这是不大容易看得清楚的，这也是一种社会效果。我觉得，文学作品对人的影响就好像杜甫写的《春夜喜雨》一样，"随风潜入夜，润物细无声"，好像一场小小的春雨似的，我说我的作品对人的灵魂起一点滋润的作用。

  我很同意法国存在主义者加缪的说法，他说任何小说都是"形象化了的哲学"。比较好的作品里面总有一定哲学意味，不过层次深浅不一样。但总会关连作者自己独到的思想。如果说，一个作者有什么独特的风格，我说首先是他有独特的思想。但是，有的作品主题不那么明显，而有的主题可以比较明显，比较单纯。现代小说的主题一般都不那么单纯。应允许主题的复杂性、丰富性、多层次性，或者说主题可以有它的模糊性、相对的不确定性，甚至还有相对的未完成性。一个作品写完后，主题并没有完全完成。我们所解释的主题，往往是解释者自己的认识，未必是作家自己的反映。有人说"有一千个读者就有一千个哈姆莱特"，而这一千读者所解释的哈姆莱特都有它的道理，你要莎士比亚本人解释，他大概也不太说得清楚。所以说主题有它一定的模糊性。林斤澜有一次讲话，说人家说他的小说看不明白，他说，我自己还不明白，怎么能叫你明白？确实有这种情况，一个作者写完了以后，自己也不大明白。为什么说不确定性呢？你这样写也可以，那样写也行。主题的解释不能有个标准答案，愿怎么理解就怎么理解。但是有一点，必须有你自己独到的理解，有一点你自己感到比较新鲜的理解。《红楼梦》的主题是什么？现在也是众说纷纭。有的说是四大家族的兴衰史，有的说是钗黛恋爱的悲剧，你叫曹雪芹自己来回答《红楼梦》的主题是什么，他也可能不及格。

下面讲语言问题。

我觉得小说以及其他文学作品，语言是非常重要的。我这几年讲语言比较多，人家说你对语言的重要性强调过多，走到极致了，也许是这样。我认为小说本来就是语言的艺术，就像绘画，是线条和色彩的艺术。音乐，是旋律和节奏的艺术。有人说这篇小说不错，就是语言差点，我认为这话是不能成立的。就好像说"这幅画画得不错，就是色彩和线条差一点""这个曲子还可以，就是旋律和节奏差一点"这种话不能成立一样。我认为，语言不好，这个小说肯定不好。

关于语言，我认为应该注意它的四种特性：内容性、文化性、暗示性、流动性。

## 语言的内容性

过去,我们一般说语言是表现的工具或者手段。不止于此,我认为语言就是内容。大概中国比较早提出这问题的是闻一多先生。他在年轻时写过一篇关于《庄子》的文章,有一句话大致意思是:"他的文字不只是表现思想的工具,似乎本身就是目的。"我认为,语言和内容是同时依存的,不可剥离的,不能把作品的语言和它所要表现的内容撕开,就好像吃橘子,语言是个橘子皮,把皮剥了吃里边的瓤。我认为语言和内容的关系不是橘子皮和橘子瓤的关系,它是密不可分的,是同时存在的。马克思在论语言问题时说:"语言是思想的直接的现实。"我觉得马克思这话说得很好。从思想到语言,当中没有一个间隔,没有说思想当中经过一个什么东西然后形成语言,它不是这样,因此你要理解一个作家的思想,唯一的途径是语言。你要能感受到他的语言，才能感受到他的思想。我曾经有一句说到极致的话，"写小说就是写语言"。

## 语言的文化性

语言本身是一个文化现象，任何语言的后面都有深浅不同的文化的积淀。你看一篇小说，要测定一个作家文化素养的高低，首先是看他的语言怎么样，他在语言上是不是让人感觉到有比较丰富的文化积淀。有些青年作家不大愿读中国的古典作品，我说句不大恭敬的话，他的作品为什么语言不好，就是他作品后面文化积淀太少，几乎就是普通的大白话。作家不读书是不行的。

语言文化的来源，一个是中国的古典作品，还有一个是民间文化，民歌、民间故事，特别是民歌。因为我编了几年民间文学，我大概读了上万首民歌，我很佩服，我觉得中国民间文学真是一个宝库。我在兰州时遇到一位诗人，这个诗人觉得"花儿"（甘肃、宁夏一带的民歌）的比喻那么多，那么好，特别是花儿的押韵，押得非常巧，非常妙，他对此产生怀疑：这是不是农民的创作？他觉得可能是诗人的创作流传到民间了，后来他改变了看法。有一次，他同婆媳二人乘一条船去参加"花儿会"，这婆媳二人一路上谈话，没有讲一句散文，全是押韵的。到了花儿会娘娘庙，媳妇还没有孩子，去求子，跪下来祷告。祷告一般无非是"送子娘娘给我一个孩子，生了之后我给你重修庙宇再塑金身"。这个媳妇不然，她只说三句话，她说："今年来了，我是给您要着哪；明年来了，我是手里抱着哪，咯咯咯咯地笑着哪。"这个祷告词，我觉得太漂亮了，不但押韵而且押调，我非常佩服。所以，我劝你们引导你们的学生，一个是多读一些中国古典作品，另外读一点民间文学。这样使自己的语言，有较多的文化素养。

语言的暗示性、流动性这方面的问题，我在《写作》一九九○年第七期上已经讲过，重复的内容就不再说了，只是对语言的流动性作一点补充。

我觉得研究语言首先应从字句入手，遣词造句，更重要的是研究字与字之间的关系，句与句之间的关系，段与段之间的关系。好的语言是不能拆开的，拆开了它就没有生命了。好的书法家写字，不是一个一个地写出来的，不是像小学生临帖，也不像一般不高明的书法家写字，一个一个地写出来。他是一行一行地写出来，一篇一篇地写出来的。中国人写字讲究行气，"字怕挂"，因为它没有行气。王献之写字是一笔书，不是说真的是一笔，而是指一篇字一气贯穿，所以他的字可以形成一种"气"。气就是内在的运动。写文章就要讲究"文气"。"文气说"大概从《文心雕龙》起，一直讲到桐城派，我觉得是很有道理的。讲"文气说"讲得比较具体，比较容易懂，也比较深刻的是韩愈。他打个比喻说："气，水也，言，浮物也，水大而物之浮者大小毕浮。气盛，则言之短长与声之高下者皆宜。"我认为韩愈讲得很有科学道理，他在这段话中提出了三个观点。首先，韩愈提出语言跟作者精神状态的关系，他说"气盛"，照我的理解是作家的思想充实，精力饱满。很疲倦的时候写不出好东西。你心里觉得很不带劲，准写不出来好东西。很好的精神状态，气才能盛。另外，他提出语言的标准问题。"宜"就是合适、准确。世界上很多的大作家认为语言的唯一的标准就是准确。伏尔泰说过，契诃夫也说过，他们说一句话只有一个最好的说法。韩愈认为，中国语言在准确之外还有一个具体的标准："言之短长与声之高下。"这"言之短长"，我认为韩愈说了个最老实的话。语言要来要去的奥妙，还不是长句子跟短句子怎么搭配？有人说我的小说都是用的短句子，其实我有时也用长句子。就看这个长句子和短句子怎么安排。"声之高下"是中国语言的特点，即声调，平上去入，北方话就是阴阳上去。我认为中国语言有两大特点是外国语言所没有的：一个是对仗，一个就是四声。郭沫若一次参加世界和平理事会，约翰逊主教说郭沫若讲话很奇怪，好像唱歌一样。外国人讲话没有平上去入四声，大体上相当于中国的两个调，上声和去声。外国语不像中国语，阴平调那么高，去声调那么低。很多国家都没有这种语言。你听日本话，特别是中国电影里拍的日本人讲话，声调都是平的，我觉得现在的年轻人不大注意语言的音乐美，语言的音乐美跟"声之高下"是很有关系的。"声之高下"其实道理很简单，就是"前有浮声，后有切响"，最基本的东西就是平声和仄声交替使用。你要是不注意，那就很难听了。

我在京剧团工作时，有一个老演员对我说，有一出老戏，老旦的一句词没法唱："你不该在外面散淡浪荡。""在外面散淡浪荡"，连着七个去声字，他说这个怎么安腔呢？还有一个例子，过去的样板戏《智取威虎山》里有一句词，杨子荣"打虎上山"唱的，原来是"迎来春天换人间"，后来毛主席给改了，把"春天"改成"春色"。为什么要改呢？当然"春色"要比"春天"具体，这是一；另外这完全出于诗人对声音的敏感。你想，如果是"迎来春天换人间"，基本上是平声字。"迎来""春天""人间"，就一个"换"

字是去声，如果安上腔是飘的，都是高音区，怎么唱呢？没法唱。换个"色"呢，把整个的音扳下来了，平衡了。平仄的关系就是平仄产生矛盾，然后推动语言的声韵。外国没有这个东西，但是外国也有类似中国的双声叠韵。太多的韵母相似的音也不好听。高尔基就曾经批评一个人的作品，他说："你这篇作品用'S'这个音太多了，好像是蛇叫。"这证明外国人也有音韵感。中国既然有这个语言特点，那么就应该了解、掌握、利用它。所以我建议你们在对学生讲创作时，也让他们读一点、会一点，而且讲一点平仄声的道理，来训练他们的语感。语言学上有个词叫语感，语言感觉，语言好就是这个作家的语感好；语言不好，这个作家的语感也不好。

（根据在武汉大学写作函授助教进修班的讲课录音整理。）

载一九九一年第四期《写作》

## 有意思的错字

文章排出了错字,在所难免。过去叫作"手民误植"。有些经常和别的字组成一个词的字,最易排错,如"不乏"常被排成"不缺",这大概是因为"缺乏"在字架上是放一起的,捡字的时候,一不留神就把邻居夹出来了。有的是形近而讹。比如何其芳同志的一篇文章里的"无论如何"被排成了"天论如何"。一位学者曾抓住这句话做文章,把何其芳嘲笑了一顿。其实这位学者只要稍想一想,就知道这里有错字。何其芳何至于写出"天论如何"这样的句子呢？难怪何其芳要反唇相讥了。人刻薄了不好。双方论辩，不就对方的论点加以批驳，却在人家的字句上挑刺儿，显得不大方——何况挑得也不是地方。这真是仰面唾天，唾沫却落在自己的脸上了。不知道排何其芳文章的工人同志看到他们争论的文章没有。如果看到，一定会觉得好笑的。

有错字不要紧。但是，周作人曾说过：不怕错得没有意思，那是读者一看就知道，这里肯定有错字的；最怕是错得有意思。这种有意思的错字往往不是"手民"误植出来的，而是编辑改出来的。邓友梅的《那五》几次提到"砂锅居"，发表出来，却改成了"砂锅店"。友梅看了，只有苦笑。处理友梅的稿子的编辑肯定没有在北京住过，也没有吃过砂锅居的白肉。不过这位编辑应该也想一想，卖砂锅的店里怎么能进去吃饭呢？我自己也时常遇到有意思的错字。我曾写过一篇谈沈从文先生的小说的文章，提到沈先生的语言很朴素，但是"这种朴素来自于雕琢"，编辑改成了"来自于不雕琢"。大概他认为"雕琢"是不好的。这样一改,这句话等于不说!我的一篇小说里有一句:"一个人走进他的工作,是叫人感动的。"编辑在"工作"下面加了一个"间"。大概他认为原句不通,人怎么能走进"他的工作"呢?我最近写了一篇谈读杂书的小文章,提到"我从法布尔的书里知道知了原来是个聋子……实在非常高兴",发表出来,却变成了"我从法布尔的书里知道他原来是个聋子……",这就成了法布尔是个聋子了。法布尔并不聋。而且如果他是个聋子,我又有什么可高兴的呢?阅稿的编辑可能不知道知了即是蝉,觉得"知道知了"读起来很拗口,就提笔改了。这个"他"字加得实在有点鲁莽。

  我年轻时发表了文章,发现了错字,真是有如芒刺在背。后来见多了,就看得开些了。不过我奉劝编辑同志在改别人的文章时要慎重一些。我也当过编辑,有一次把一位名家的稿子改得多了点,他来信说我简直像把他的衣服剥光了让他在大街上走。我后来想想，是我不对。我一点不想抹杀编辑的苦劳，有的编辑改文章是改得很好的，包括对我的文章，有时真是"一字师"。我写这篇文章的用意是在息事宁人。编辑细致一些，作者宽容一些，不要因为错字而闹得彼此不痛快。

一九八六年八月十一日

# 小说陈言

## 抓住特点

杨慎《升庵诗话》卷四《劣唐诗》："学诗者动辄言唐诗，便以为好，不思唐人有极恶劣者。"他举了一些劣诗，如"莫将闲话当闲话，往往事从闲话生"，这真是"下净优人口中语"。但他又举"水牛浮鼻渡，沙鸟点头行"，以为这也是劣诗，我却未敢同意。水牛浮鼻而渡，这是江南水乡随时可见到的景象，许多画家都画过。但是写在诗里却是唯一的一次。"沙鸟点头行"尤为观察入微。这一定不是野鸭子那样的水鸟,水鸟走起来是一摇一摆的。这是长腿的沙鸟。只有长腿鸟"行"起来才是一步一点头。这不是劣诗。这也许不算好诗,但是是很好的小说语言,因为一下子抓住了特点。

写景、状物,都应该抓住特点。写人尤当如此。宋朝有一个皇帝,要接见一个从外省调进京的官,他怕自己认不出这个官(同时被接见的还有别的人),问一个大臣,这个官长得什么模样。大臣回答:"这个人很好认,他长得是个西字脸。"第二天接见,皇帝一直忍不住笑。一个人长得一个西字脸是很好笑的。我们不但可以想见此人的脸型,还仿佛看见他的眉眼。这位大臣很能抓住人的特点。鲁迅写高老夫子的步态,"像木匠牵着的钻子,一扇一扇地直走",此公形象,如在目前。因为有特点。

## 虚构

小说就是虚构。

纪晓岚对蒲松龄《聊斋》多虚构很不以为然:

"小说既述见闻,即属叙事,不比戏场关目,随意装点……今嬿昵之词,媟狎之态,细微曲折,摹绘如生,使出自言,似无此理,使出作者代言,则何从而见闻,又所未解也。"

这位纪文达公(纪晓岚谥号)真是一个迂夫子。他以为小说都得是记实,不能"装点"。照他的看法,"嬿昵之词""媟狎之态"都不能有。如果把这些全去掉,《聊斋》还有什么呢?

不但小说,就是历史,也不能事事有据。《史记》写陈涉称王后,乡人入宫去见他,惊叹道:"夥颐!涉之为王沈沈者!"写得很生动。但是,司马迁从何处听来?项羽要烹了刘邦的老爹,刘邦答话:"吾翁即若翁，必欲烹而翁，则幸分我一杯羹。"刘季的无赖嘴脸如画。但是我颇怀疑，这是历史还是小说？历来的史家都反对历史里有小说家言，正足以说明这是很难避免的。因为修史的史臣都是文学家，他们是本能地要求把文章写得生动一些的。历史材料总不会那样齐全，凡有缺漏处，史臣总要加以补充。补充，即是有虚构，有想象。这样本纪、列传才较完整，否则，干巴嗤咧，"断烂朝报"。

但是，虚构要有生活根据，要合乎情理，嘉庆二十三年，涪陵冯镇峦远村氏《读〈聊斋〉杂说》云：

"昔人谓：莫易于说鬼，莫难于说虎。鬼无伦次，虎有性情也。说鬼到说不来处，可以意为补接；若说虎到说不来处，大段著力不得。予谓不然。说鬼亦要有伦次，说鬼亦要得性情。谚语有之：'说谎亦须说得圆'，此即性情伦次之谓也。试观《聊斋》说鬼狐，即以人事之伦次，百物之性情说之。说得极圆，不出情理之外；说来极巧，恰在人人意愿之中。虽其间亦有意为补接，凭空捏造处，亦有大段吃力处，然却喜其不甚露痕迹牵强之形,故所以能令人人首肯也。"

这说得不错。

……

《阿Q正传》整个儿是虚构的。但是阿Q有原型。阿Q在被判刑的供状上画了一个圆圈,竭力想画得圆,这情节于可笑中令人深深悲痛。竭力想把圈画得圆,这当然是虚构,是鲁迅的想象。但是不识字的愚民不会在一切需要画押的文书上画押,只能画一个圆圈(或画一个"十"字)却是千真万确的。这一点,不是任意虚构。因此,真实。


## 干净

扬州说书艺人授徒,在家中设高桌(过去扬州说书都是坐在高桌后面),据案教学生,每天只教二十句。学生每天就说这二十句,反复说,要说得"如同刀切水洗的一般"。"刀切水洗",指的是口齿清楚,同时也包含叙事干净，不拖泥带水。

过去说文章，常说简练。"简练"一词，近年不大有人提，为一些青年作者和评论家所厌闻。他们以为"简练"意味简单、粗略、浅。那么，咱们换一个说法：干净。"干净"不等于不细致。

张岱《陶庵梦忆·柳敬亭说书》："余听其说'景阳冈武松打虎'白文，与本传大异。其描写刻画，微入毫发，然又找截干净，并不唠叨。"说书总要有许多枝杈，北方评书艺人称长篇评书为"蔓子活"，如瓜牵蔓。但不论牵出去多远，最后还能"找"回来，来龙去脉，清清楚楚。扬州王少堂说《水浒》，"武十回""宋十回""卢十回"，一回是一回，有起有落，有放有收。

因为参加"飞马奖"的评选，我读了一些长篇小说，一些作品给我一个印象，是：芜杂。

芜杂的原因之一，是材料太多，什么都往里搁，以为这样才"丰富"，结果是拥挤不堪，人物、事件、情景，不能从容展开。

第二是作者竭力要表现哲学意蕴。这大概是受了西方现代主义的影响和青年评论家的怂恿（以为这样才"深刻"）。作者对自己要表现的哲学似懂非懂，弄得读者也云苫雾罩。我不相信，中国一下子出了这么多的哲学家。我深感目前的文艺理论家不是在谈文艺，而是在谈他们自己也不太懂的哲学，大家心里都明白，这种"哲学"是抄来的。我不反对文学作品中的哲学，但是文学作品主要是写生活。只能由生活到哲学，不能由哲学到生活。

第三，语言不讲究，啰唆，拖沓。

重读《丧钟为谁而鸣》，觉得海明威的叙述是非常干净的。他没有想表现什么"思想"，他只是写生活。

我希望更多地看到这样的小说：明明白白，清清楚楚，干干净净。

一九八八年十一月十三日
载一九八九年第一期《小说选刊》

# 小说技巧常谈

## 成语·乡谈·四字句

春节前与林斤澜同去看沈从文先生。座间谈起一位青年作家的小说,沈先生说:"他爱用成语写景,这不行。写景不能用成语。"这真是一针见血的经验之谈。写景是为了写人,不能一般化。必须状难状之景,如在目前,这样才能为人物设置一个特殊的环境,使读者能感触到人物所生存的世界。用成语写景，必然是似是而非，模模糊糊，因而也就是可有可无，衬托不出人物。《西游记》爱写景，常于"但见"之后，写一段骈四俪六的通俗小赋，对仗工整，声调铿锵，但多是"四时不谢之花，八节常春之草"一类的陈词套语，读者看到这里大都跳了过去，因为没有特点。

由沈先生的话使我连带想到，不但写景，就是描写人物，也不宜多用成语。旧小说多用成语描写人物的外貌，如"面如重枣""面如锅底""豹头环眼""虎背熊腰"，给人的印象是"差不多"。评书里有许多"赞"，如"美人赞"，无非是"柳叶眉、杏核眼，樱桃小口一点点"。刘金定是这样，樊梨花也是这样。《红楼梦》写凤姐极生动，但多于其口角言谈，声音笑貌中得之，至于写她出场时的"亮相"，说她"两弯柳叶吊梢眉，一双丹凤三角眼"，形象实在不大美，也不准确，就是因为受了评书的"赞"的影响，用了成语。

看来凡属描写，无论写景写人，都不宜用成语。

至于叙述语言，则不妨适当地使用一点成语。盖叙述是交代过程，来龙去脉，读者可能想见，稍用成语，能够节省笔墨。但也不宜多用。满篇都是成语，容易有市井气，有伤文体的庄重。

听说欧阳山同志劝广东的青年作家都到北京住几年，广东作家都要过语言关。孙犁同志说老舍在语言上得天独厚。这都是实情话。北京的作家在语言上占了很大的便宜。

大概从明朝起，北京话就成了"官话"。中国自有白话小说，用的就是官话。"三言""二拍"的编著者，冯梦龙是苏州人，凌濛初是浙江乌程（即吴兴）人，但文中用吴语甚少。冯梦龙偶尔在对话中用一点吴语，如"直待两脚壁立直，那时不关我事得"（《滕大尹鬼断家私》）。凌濛初的叙述语言中偶有吴语词汇，如"不匡"（即苏州话里的"弗壳张"，想不到的意思）。《儒林外史》里有安徽话，《西游记》里淮安土语颇多（如"不当人子"）。但是这些小说大体都是用全国通行的官话写的。《红楼梦》是用地道的北京话写的。《红楼梦》对中国现代文学语言的形成,有着不可估量的影响。

有了官话文学,"白话文"的出现就是水到渠成的事。白话文运动的策源地在北京。"五四"时期许多外省籍的作家都是用普通话即官话写作的。有的是有意识地用北京话写作的。闻一多先生的《飞毛腿》就是用纯粹的北京口语写成的。朱自清先生晚年写的随笔,北京味儿也颇浓。

咱们现在都用普通话写作。普通话是以北方话作为基础方言,吸收别处方言的有用成分,以北京音为标准音的。"北方话"包括的范围很广,但是事实上北京话却是北方话的核心,也就是说是普通话的核心。北京话也是一种方言。普通话也仍然带有方言色彩。张奚若先生在当教育部长时作了一次报告,指出"普通话"是普遍通行的话,不是寻常的普普通通的话。就是说,不是没有个性,没有特点,没有地方色彩的话。普通话不是全国语言的最大公约数,不是把词汇压缩到最低程度,因而是缺乏艺术表现力的蒸馏水式的语言。普通话也有其生长的土壤，它的根扎在北京。要精通一种语言，最好是到那个地方住一阵子。欧阳山同志的忠告，是有道理的。

不能到北京，那就只好从书面语言去学，从作品学，那怎么说也是隔了一层。

吸收别处方言的有用成分。别处方言，首先是作家的家乡话。一个人最熟悉，理解最深，最能懂得其传神妙处的，还是自己的家乡话，即"母舌"。有些地区的作家比较占便宜，比如云、贵、川的作家。云、贵、川的话属西南官话，也算在"北方话"之内。这样他们就可以用家乡话写作，既有乡土气息，又易为外方人所懂，也可以说是"得天独厚"。沙汀、艾芜、何士光、周克芹都是这样。有的名物，各地歧异甚大，我以为不必强求统一。比如何士光的《种包谷的老人》，如果改成《种玉米的老人》，读者就会以为这是写的华北的故事。有些地方语词，只能以声音传情，很难望文生义，就有点麻烦。我的家乡（我的家乡属苏北官话区）把一个人穿衣服干净、整齐、挺括、有样子，叫作"格挣挣的"。我在写《受戒》时想用这个词，踌躇了很久。后来发现山西话里也有这个说法，并在元曲里也发现"格挣"这个词，才放心地用了。有些地方话不属"北方话"，比如吴语、粤语、闽南语、闽北语，就更加麻烦了。有些不得不用，无法代替的语词，最好加一点注解。高晓声小说中用了"投煞青鱼"，我到现在还不知道这究竟是什么意思。

作家最好多懂几种方言。有时为了加强地方色彩，作者不得不刻苦地学习这个地方的话。周立波是湖南益阳人，平常说话，乡音未改，《暴风骤雨》里却用了很多东北土话。旧小说里写一个人聪明伶俐，见多识广，每说他"能打各省乡谈"，比如浪子燕青。能多掌握几种方言，也是作家生活知识比较丰富的标志。

听说有些中青年作家非常反对用四字句，说是一看到四字句就讨厌。这使我有点觉得奇怪。

中国语言里本来就有许多四字句，不妨说四字句多是中国语言的特点之一。

我是主张适当地用一点四字句的。理由是：一，可以使文章有点中国味儿。二，经过锤炼的四字句往往比自然状态的口语更为简洁，更能传神。若干年前，偶读张恨水的一本小说，写几个政客在妓院里磋商政局，其中一人，"闭目抽烟，烟灰自落"。老谋深算，不动声色，只此八字，完全画出。三，连用四字句，可以把句与句之间的连词、介词，甚至主语都省掉，把有转折、多层次的几件事贯在一起，造成一种明快流畅的节奏。如："乃瞻衡宇，载欣载奔。僮仆欢迎，稚子候门。三径就荒，松菊犹存。携幼入室，有酒盈樽。"（陶渊明《归去来兮辞》）

反对用四字句，我想有两方面的原因。一方面是作者习惯于用外来的，即"洋"一点的方式叙述，四字句与这种叙述方式格格不入。一方面是觉得滥用四字句，容易使文体滑俗，带评书气。如果是第二种，我觉得可以同情。我并不主张用说评书的语言写小说。如果用一种"别体"，有意地用评书体甚至相声体来写小说，那另当别论。但是评书和相声与现代小说毕竟不是一回事。

## 呼应

我曾在一篇谈小说创作的短文中提到章太炎论汪容甫的骈文，"起止自在，无首尾呼应之式"，表示很欣赏。汪容甫能把骈体文写得那样"自在"，行云流水，不讲起承转合那一套，读起来很有生气，不像一般四六文那样呆板，确实很不容易。但这是指行文布局，不是说小说的情节和细节的安排。小说的情节和细节，是要有呼应的。

李笠翁论戏曲讲究"密针线"，讲究照应和埋伏。《闲情偶寄》有一段说得好：

> 编戏有如缝衣，其初则以完全者剪碎，其后又以剪碎者凑成。剪碎易，凑成难。

> 凑成之工，全在针线紧密。一节偶疏，全篇之破绽出矣。每编一折，必须前顾数折，后顾数折。顾前者欲其照映，顾后者便于埋伏。照映、埋伏，不止照映一人，埋伏一事，凡是剧中有名之人，关涉之事，与前此后此所说之话，节节俱要想到。

我是习惯于打好腹稿的。但一篇较长的小说，如超过一万字，总不能从头至尾每一个字都想好，有一个总体构思之后，总得一边写一边想。写的时候要往前想几段，往后想几段，不能写这段只想这段。有埋伏，有呼应，这样才能使各段之间互相沟通，成为一体，否则就成了拼盘或北京人过年吃的杂拌儿。譬如一弯流水，曲折流去，不断向前，又时时回顾，才能生动多姿。一边写一边想，顾前顾后，会写出一些原来没有想到的细节，或使原来想到但还不够鲜明的细节鲜明起来。我写《八千岁》，写了他允许儿子养几只鸽子，他自己有时也去看看鸽子，原来只是想写他也是个人，对生活的兴趣并未泯灭，但他在被八舅太爷敲了一笔竹杠，到赵厨房去参观满汉全席，赵厨房说鸽蛋燕窝里鸽蛋不够，他说了一句："你要鸽子蛋，我那里有。"都是事前没有想到的。只是觉得他的处境又可怜又可笑，才信手拈来，写了这样一笔。他平日自奉甚薄，饮食粗粝，老吃"草炉烧饼"，遭了变故，后来吃得好一点，我是想到的。但让他吃什么，却还没有想好。直到写到快结束时，我才想起在他的儿子把照例的"晚茶"——两个烧饼拿来时，他把烧饼往桌上一拍，大声说："给我去叫一碗三鲜面！"边写边想，前后照顾，可以情文相生，时出新意。

埋伏和照映是要惨淡经营的，但也不能过分地刻意求之。埋伏处要能轻轻一笔，若不经意。照映处要顺理成章，水到渠成。要使读者看不出斧凿痕迹，只觉得自自然然，完完整整，如一丛花，如一棵菜。虽由人力，却似天成。如果使人看出来这里是埋伏，这里是照映，便成死症。

## 含藏

"逢人只说三分话,未可全抛一片心",这是一种庸俗的处世哲学。写小说却必须这样。李笠翁云,作诗文不可说尽,十分只说得二三分。都说出来,就没有意思了。

侯宝林有一个相声小段《买佛龛》。一个老太太买了一个祭灶用的佛龛,一个小伙子问她:"老太太,您这佛龛是哪儿买的?"——"嗨,小伙子,这不能说买,得说'请'!"——"那您是多少钱'请'的?"——"嘻!这么个玩意——八毛!"听众都笑了。这就够了。如果侯宝林"评讲"一番,说老太太一提到钱,心疼,就把对佛龛的敬意给忘了,那还有什么意思呢?话全说白了,没个捉摸头了。契诃夫写《万卡》,万卡给爷爷写了一封很长的信,诉说他的悲惨的生活,写完了,写信封,信封上写道:"寄给乡下的爷爷收"。如果契诃夫写出：万卡不知道，这封信爷爷是不会收到的，那这篇小说的感人力量就大大削弱了，契诃夫也就不是契诃夫了。

我写《异秉》，写到大家听到王二的"大小解分清"的异秉后，陈相公不见了，"原来陈相公在厕所里。这是陶先生发现的。他一头走进厕所，发现陈相公已经蹲在那里。本来，这时候都不是他们俩解大手的时候"。一位评论家在一次讨论会上，说他看到这里，过了半天，才大笑出来。如果我说破了他们是想试试自己能不能也做到"大小解分清"，就不会有这样的效果。如果再发一通议论，说："他们竟然把生活的希望寄托在这样的微不足道的、可笑的生理特征上，庸俗而又可悲悯的小市民呀！"那就更完了。

"话到嘴边留半句"，在一点就破的地方，偏偏不要去点。在"裉节儿"上，"七寸三分"的地方，一定要"留"得住。尤三姐有言："提着影戏人儿上场，好歹别戳破这层纸儿。"把作者的立意点出来，主题倒是清楚了，但也就使主题受到局限，而且意味也就索然了。

小说不宜点题。

　　　　　　　　　一九八三年三月十五日
　　　　　　　　载一九八三年第四期《芙蓉》

## 谈读杂书

我读书很杂，毫无系统，也没有目的。随手抓起一本书来就看。觉得没意思，就丢开。我看杂书所用的时间比看文学作品和评论的要多得多。常看的是有关节令风物民俗的，如《荆楚岁时记》《东京梦华录》。其次是方志、游记，如《岭表录异》《岭外代答》。讲草木虫鱼的书我也爱看，如法布尔的《昆虫记》，吴其濬的《植物名实图考》《花镜》。讲正经学问的书，只要写得通达而不迂腐的也很好看，如《癸巳类稿》。

《十驾斋养新录》差一点,其中一部分也挺好玩。我也爱读书论、画论。有些书无法归类,如《宋提刑洗冤录》,这是讲验尸的。有些书本身内容就很庞杂,如《梦溪笔谈》《容斋随笔》之类的书,只好笼统地称之为笔记了。

读杂书至少有以下几种好处。第一,这是很好的休息。泡一杯茶懒懒地靠在沙发里,看杂书一册,这比打扑克要舒服得多。第二,可以增长知识,认识世界。我从法布尔的书里知道知了原来是个聋子,从吴其濬的书里知道古诗里的葵就是湖南、四川人现在还吃的冬苋菜,实在非常高兴。第三,可以学习语言。杂书的文字都写得比较随便,比较自然,不是正襟危坐,刻意为文,但自有情致,而且接近口语。一个现代作家从古人学语言,与其苦读《昭明文选》、"唐宋八家",不如多看杂书。这样较易融入自己的笔下。这是我的一点经验之谈。青年作家,不妨试试。第四,从杂书里可以悟出一些写小说、写散文的道理,尤其是书论和画论。包世臣《艺舟双楫》云:

"吴兴书笔,专用平顺,一点一画,一字一行,排次顶接而成。古帖字体,大小颇有相径庭者,如老翁携幼孙行,长短参差,而情意真挚,痛痒相关。吴兴书则如士人入隘巷,鱼贯徐行,而争先竞后之色,人人见面,安能使上下左右空白有字哉!"他讲的是写字,写小说、散文不也正当如此吗?小说、散文的各部分,应该"情意真挚,痛痒相关",这样才能做到"形散而神不散"。

读杂书的收获很多,我就以自己的感想谈这么一点。

一九八六年六月九日
载一九八六年七月八日《新民晚报》